노처녀의 청혼서

이택화 소설집

노처녀의 청혼서

차 례

네 개의 눈

네 개의 눈

그녀가 서늘히 도려지다가 찰나적으로 뜨겁게 온몸을 강타하는 목소리를 들은 것은 오후 세시쯤이었다. 난꽃에 대한 묘사를 정리하기에 앞서 코끝을 난꽃에 대고 흠흠대던 그녀가

— 같은 공간에 있어서 그런가 향기를 느낄 수가 없네.

라고 혼잣말을 하고 있을 때 전화가 울렸던 것이다.

"나야. 모든 준비가 되었어. 혜란이만 나 있는 호주로 오면 돼. 한달 후에 데리러 귀국할거야. 우리 언약 잊지는 않았겠지."

— 잊다니, 어찌 잊을 수 있단 말인가! 이러한 날을 바라고 바라며 하루에도 수십 번 되뇌이던 그 언약을 내가 잊었느냐고!

그녀는 장식장과 화분들이 기우뚱 옆으로 쓰러진다고 느끼며 손으로 거실 바닥을 짚었다. 바닥을 짚고 있는 손가락 끝이 바르르 바르르 떨리고 있었다.

— 아, 이제 때가 된 거야. 그가 나를 데리러 온다. 이제 같이

있을 수 있어. 죽음보다 참혹했던 헤어져 있던 시간으로부터 이제 해방이야.

그녀는 진정되지 않고 있는 고통스러울 만큼 큰 환희를 담은 눈으로 난꽃을 보았다. 눈 속에서 난꽃이 일렁이더니 볼을 타고 피어 있는 꽃보다 더 많이 거실 바닥으로 떨어져 내렸다.

그녀가 그를 만난 것은 스모그 현상으로 덜 깬 술주정뱅이의 눈처럼 부우연 도시를 봄기운이 장악해 가던 사월의 초였다. 밤기운의 쌀쌀함이 신선함으로 변하는 한낮에 외출하여 기분이 내키는 대로 걷고 먹고 바라보고 음미하고 사색하다가 그녀가 강가에 앉았을 때는 어둠이 내리고 있었다. 강은 풀린 지 오래여서 소리 없는 혼자의 노래에도 흥겨워 몸을 뒤척이고 있었다. 고물고물 흙을 슬그머니 헤집고 올라오는 새싹의 소리가 들릴 듯 해 가만히 앉아 귀를 모았다.

― 나는 들을 수 있어. 으응, 저것 봐. 새싹들이 처음 보는 하늘과 강을 보며 살짝살짝 놀라잖아. 안녕! 나 혜란이야. 너는 어떠한 생명체가 죽어서 태어난 거니? 너는 누가 도포자락에 감싸 안았다가 풀어준 향기니? ……

생각이 주는 대로 말을 만들고 있던 그녀가 옆으로 고개를 돌리며 올려다보게 된 것은 목소리 때문이었다.

"향기가 전달됩니까?"

눈과 눈이 마주쳤다.

― 참 선한 눈을 가지고 있다, 이 남자는.

그녀는 입끝을 올리며 미소지었다. 오래 기다렸던 친근한 이를 맞이할 때 나타날 듯한 부드러운 미소가 가로등 불빛 아래 그녀의 얼굴을 환하게 만들고 있었다.

"한참을 지켜보았습니다. 참을 수가 없었습니다. 수많은 말을 쏟아 붓고 싶었습니다. 저는 조금 사람 볼 줄을 압니다. 제 말을 들어줄 사람이라는 것을 알고 있습니다."

그는 준비된 원고를 외우는 것처럼, 치솟던 분수의 물이 곧장 아래로 소리내며 떨어지는 것처럼 말을 쏟아 붓고 있었다.

― 맑은 물에서 건진 구슬처럼 투명하다, 이 남자의 눈은.

그녀는 미소를 멈추지 않은 채 고개를 끄덕였다. 의자에 나란히 앉게 되자 그는 진실하고 간곡하게 자신의 이야기들을 하기 시작했다.

"현실을 누구 못지 않게 알고 있습니다. 그렇기에 현실의 난잡함과 계산이 싫어서 혼자 사람보는 법을 터득했습니다. 눈이 달린 거울을 만들어 가지고 다니는 거지요. 사람을 만나 그 얼굴을 비추면 그의 삶의 방식과 가치관이 비칩니다. 그리고 언행을 주의 깊게 지켜보면 그가 어떤 유형의 사람인지 거의 알 수 있지요. 물론 웬만큼 사람들과 관계를 가져본 사람이라면 감각으로 감지되는 일인데, 제가 가지고 있는 거울에는 다년간 심신의 더러움을 떨치고 얻은 촉수가 높은 눈이 있어서 잘 볼 수 있답니다."

― 눈이 달린 거울을 이 사람은 눈 속에 넣고 다니는구나. 사람들은 머리에 거울을 넣고 다니는데.

눈이 달린 거울이 아이가 되고 학생이 되고 청년이 되고 군인이 되고 회사원이 되고 꿈이 되고 미래가 되고 정치가 되고 경제가 되고 종교가 되고 세태가 되고…… 말은 말을 낳고 또 낳고 있었다. 달변인 그는 그 밤에 이야기를 털어놓지 않으면 갈증으로 타죽을 것 같이 쉴 새 없이 말을 생산해내고 있었다. 그녀도 미소를 말만큼 되받아 생산하고 있었다. 그와 그녀는 말과 미소로 떠다니다가 밤이 늦었다는 걸 으스스한 한기로 느끼며 비로소 육체를 가진 인간으로 돌아왔다.

그녀가 늦은 밤이라며 일어섰을 때 그가 그녀의 허리를 껴안았다. 숨가쁜 육체적 쾌감은 어디에도 찾아볼 수 없었다. 갈증이 가시지 않은 그가 다만 가려는 그녀를 놓칠까봐 얼결에 그녀의 허리를 안아버린 것이었다. 만날 약속을 하고 택시를 탔을 때 그는 택시비를 차안에 놓으며 눈으로 인사했다.

— 강인하고 당당하면서도 시리도록 맑은 눈이야. 기가 막혀. 오랜만에 마음이 맑아져. 알프스 깊은 골짜기에서 실어온 공기 같애.

잠자리에 들었을 때 신기할 만큼 또렷이 그의 눈이 떠올랐고, 그녀는 실내가 신선한 공기로 가득찬 느낌을 받으며 깊게 잠들어 갔다.

그녀와 그는 날마다 만났다. 근무에 소요되는 시간과 잠을 자는 시간을 제외한 거의 모든 시간을 같이 보냈다. 파장이 이어져 빛이 되듯이 말과 미소는 둘의 소유가 되어 서로의 파장이 되었고 빛이 되었다. 그 안에서 그들은 유아처럼 즐거워하였다. 그렇게 말과 미소를 세 달째 쏟아내자 말이 끊어졌다. 그때 그들은 그녀의 집 근처 골목 차안에 있었다. 말의 갈망에서 벗어나자 또 다른 갈망이 그들을 몰아갔다. 둘은 두 눈을 강렬히 바라보다 동시에 말했다.

"사랑해!"

"사랑해!"

말을 쏟아내던 입이 상대방의 입으로 하여 말의 통로는 봉쇄 당했다. 말을 놓아버린 입들은 밖으로 쏟아내던 에너지를 서로의 기도에 쏟아 부으며 말하는 것보다 몇 백 배 황홀해져 갔다. 말 로써 탄탄하게 서로 잇닿을 수 있는 고속 통로를 개설한 그들은 미친 듯이 빨려들어 갔다. 혓바닥은 작은 불꽃이었지만 초를 켜 켜로 녹여 가듯이 그들의 장기와 신경을 한 겹 한 겹 녹여 갔다. 심장으로부터 말초신경까지 녹아서 서로의 분간이 사라질수록 그들은 떨어지지 않았다. 입과 입은 그들을 하나로 묶어 놓는 질 기디 질긴 동아줄이 되었다. 그의 눈은 반쯤 감겨 있었으나 너무 나 투명하였고, 그녀는 두 눈을 꼭 감고 있었다.

"나, 아직 여자를 한 번도 안아보지 않았어."

— 세상에, 나이 서른이 되도록 숫총각이라니.

그가 그녀를 포옹한 채로 말했을 때 그녀는 그를 소유하면서 소유당하고 싶어서 견딜 수가 없었다. 그 또한 그녀를 지독히 갈 망하고 있었다. 처음 그녀는 그가 길을 잘 찾을 수 있도록 인도 하였으나 그는 성기보다 심장이 더 뛰었으므로 오르가슴을 느낄 수는 없었다. 두 번째도 위쪽이 승하여 오르가슴에 도달하지 못 하였으나 세 번째가 되자 그는 이마와 등에 땀방울을 굴리며 부 드러운 살 속에서 최초로 경련하였다.

절대적인 가치를 두는 그녀를 만나 그는 정신적인 사랑 못지 않게 육체적인 사랑에도 몰두하였다. 절제로 인하여 무디어졌던

성기능은 임자를 만나 푸르디 푸른 등줄기를 햇살 아래 번뜩이
며 튀어 오르는 커다란 물고기처럼 물살을 헤치며 파릇파릇 살
아났다. 무관심이 지나쳐 금서로 여겼던 성생활에 관련된 책자가
그의 책꽂이에 꽂히었고, 포르노 비디오 시청을 위한 시간이 늘
었다. 그는 인생이 짧다는 것을 잘 알고 있었다. 인생 중 사랑하
는 이와 행복한 시간을 같이 보내는 성희 시간은 더욱 짧으며
빨리 지나간다는 것도 더욱 잘 알고 있었다. 젊음이 그들을 기다
리고 있지 않으며 얼마 가지 않아 그 환희의 계곡과 산등성이가
끝난다는 것도 더더욱 잘 알고 있었다. 서둘러서 익혀야 한다고
생각했다. 그녀와 공유할 수 있는 완전한 성에 가까워지려고 무
던히 노력하였다. 그녀는 지금까지 맛볼 수 없는 쾌감에 젖어 살
게 되었다. 배꼽에 흥건히 고인 땀을 그가 혀로 맛볼 때마다 그
녀는 나른하게 늘어지는 육체의 충만감과 더불어 더할 수 없이
정신도 채워져 갔다. 그들은 함께 있으면 가난하지 않았다. 질투,
환멸, 권태, 시기, 의심, 짜증, 멸시, 비난 등이 그들의 사이를 비
집고 들어설 수가 없었다. 그들은 그렇게 밀착되어 있었다. 무엇
도 틈입의 여지가 없어 보였다.

그는 성공을 꿈꾸었다. 권세를 얻거나 많은 돈을 버는 것이
성공과 직결된다는 것을 알게 되었을 때 그는 그러한 성공을 포
기하였다. 그러한 것을 얻기 위해 하나밖에 없는 진실로 소중한
자기를 던지고 싶지 않았다. 죽음으로 소멸될 자신이 결국 일시
적 소멸에 불과한 권세와 돈을 위해 허무하게 사라지는 걸 용서
할 수 없었다. 죽을 힘을 다하여 오른다 하여도 늪에 빠진 한

마리 짐승처럼 허우적거리게 만들 권세와 돈은 그의 생명을 갉
아먹고는 비웃으며 물러갈 무지개라는 걸 잘 알고 있었기 때문
이었다. 그는 자신의 모든 것을 걸고 도달할 인생의 목표를 사랑
으로 정하였다. 20세기말 한국의 사회구조 속에서 찾아낼 알곡은
진실한 사랑의 결정체라고 생각하였다. 수많은 타인에게 꽃도 못
될 사랑을 베푸는 봉사활동보다 열매를 맺을 수 있는 한 여자와
의 완결한 사랑을 꿈꾸며 실행하기로 하였다. 그 후부터 그는 자
신을 맑게 가꾸며 마주설 단 하나의 여자를 찾기 시작했었다.

  세기말적 혼미와 세기초적 열기가 교차하는 일회용 시대에
살면서 인스턴트식 사랑법을 멀리하고 진정한 사랑을 찾아냈다
고 여겨지자 그는 자신에게 만만세를 불렀다. 살아낸 족적을 돌
아보며 가능한 후회를 떨구지 않으리라며 살아온 삼십 년이
이제 하나의 결실 앞에 서자 흐뭇하기만 하였다. 이러한 시대에
사랑 하나만이라도 제대로 건지며 산다는 것은 그의 판단으로는
성공한 인생이었다. 그의 눈빛은 날로 광채를 더해 갔고, 입가에
는 그녀로 인한 새로운 인식과 깨우침 아래 흐뭇한 웃음이 감돌
았으며, 피부도 곱고 윤택해져 갔다. 새벽까지 읽었던 수천 권의
책들이 준 지혜가 그를 일깨워 주었다.

  얻을 수 있는 것 중에서 가장 복된 사랑을 만났다는 것을. 사
랑하는 그녀가 편안히 지낼 수 있도록 정열을 쏟아야 한다는 것
을. 만나던 순간 그녀의 입가에서 감돌던 미소를 지속시켜야 한
다는 것을. 지금까지 지키고 기다렸던 보람이 이제 결실을 보고
있다는 것을. 꿈꾸었던 영육의 합일을 이룰 수 있는 자신 아닌
영혼과 육체를 만났다는 것을……

　그래서 그는 그녀와의 관계를 밀착시켜 지속하여야 한다고
생각하고 이를 실천에 옮기려 하였다. 그녀 없이는 살 수 없다는
것을 인식하던 날부터 그녀와의 결혼을 지극히 당연하게 여기며
추진하려 하였다. 그녀가 수필가로 감성이 풍부하고 사랑의 가치
를 존중할 줄 알기 때문에 선택하는 것이 아니었다. 그녀가 긴
생머리를 고수하며 이에 걸맞는 동양적 미모를 갖고 있기 때문
에 선택하는 것도 아니었다. 그녀가 특별한 이유 없이 쫓겨날 리
없는 고급 직장인으로 함께 경제를 책임질 수 있다는 이점 때문
도 아니었다. 이러한 조건들은 그녀를 아내로 맞이하기에 부족함
이 없는 조건이었지만 그런 것은 따져지지 않았다. 다만 자신의
앞에 있는 그대로의 그녀로서 흡족했다. 그는 그녀를 통하여 둘
의 사랑의 결정체가 혈통 안에서 연연히 이어져 내리리라 여기
자 마음은 천파만파로 금빛을 발하며 출렁거렸다. 충실한 씨알과
비옥한 옥토가 만났으니 이제 가꾸는 기쁨과 수확하는 즐거움이
고단함, 서러움, 슬픔 같은 잔돌을 물리치리라고 자신만만하게
생각하였다. 그는 자신감에 차서 말했다.
　"혜란, 영육의 합일을 가장 합당하게 달성할 수 있는 방법은
결혼이야. 시기가 왔다고 여겨져. 가을에 우리 결혼하자."
　손을 모아 잡고 두 눈을 응시하면서 말하던 그는 놀랐다. 그
녀의 눈빛이 흐려지더니 슬픔이 눈 안에 고였다. 그는 순간 섬광
같은 예리한 통증과 불길한 예감이 동시에 느껴졌다. 그녀는 무
겁고 진지하게 말했다.
　"우리는 결혼할 수 없어."
　"이유는?"

"조건이 맞지 않아."

"어떤 조건 때문인지 말해줄 수 없나?"

"알려고 하지마. 우리 사랑은 조건 없는 사랑이었으니까 그것으로 필요충분한 거야. 우리 이제 그만 만나자."

뒤통수나 복부를 강타하는 예기치 못한 철퇴에 그는 대처할 수 없었다. 그녀가 그의 제안에 무한히 기뻐하며 당연히 미소로서 응답하리라는 확신에 차 있었기에. 그가 황망히 좌절에 헤매고 있었을 때 그녀는 그동안 고마웠노라는 짤막한 말을 남기고 어둠 속으로 사라졌다.

— 조건 없는 사랑이었다고? 고마웠다고? 이제 우리의 사랑이 과거형이란 말인가?

돌연한 결별 앞에 그는 눈을 뜰 수가 없었다. 정리되지 않는 머리가 그의 눈을 감게 하였다. 그녀를 만날 수 없게 되면서 그녀에 대한 정보가 너무 빈약하다는 것을 알았다.

눈이 맑고 곱다는 것, 코가 오똑하고 시원스럽다는 것, 얇은 듯하지만 꼭 다물면 야무져 보이는 입술을 조금만 치켜올려도 편안한 미소가 된다는 것, 긴 머리를 가끔 오른손이나 왼손으로 귀뒤까지 올려 쓸어 내린다는 것, 키스를 할 때 혀를 먼저 들이민다는 것, 배꼽 위 검은 점이 두 개 있다는 것, 가슴을 손에 쥐고 등과 목을 애무하면 머리를 솟구치고 허리를 뒤틀며 신음한다는 것, 시사에 밝다는 것, 꽃과 달을 보고 감탄하며 시선을 한참 고정시킨다는 것, 이웃에 대한 따스한 마음으로 돕고 싶어한다는 것, 인생을 값지게 수놓으려고 노력한다는 것, 약속시간에 가끔은 늦으며 미안해한다는 것, 때로는 먼지 묻은 구두를 닦지

18

않고 신을 때도 있다는 것, 피곤하다며 팔에 안긴 채 잠들면 약하게 코를 골기도 한다는 것, 풀밭에서 풀잎을 똑똑 뜯거나 나뭇가지를 자디잘게 자르기도 한다는 것……

그가 알고 있는 대부분, 눈으로 확인되는 것들은 그녀가 왜 결혼할 수 없다며 사라졌는가를 알려주는 정보가 되지 못하였다. 그는 그녀에 대해 너무나 많은 것을 알고 있다고 생각했지만 이에 반해 모르는 것이 더 많다는 것을 인식하였다. 늘 선약이 되어 있었기 때문에 그녀에게 전화 걸 일이 없어서 전화번호도 알지 못하고 있다는 것을 그제서야 알았다. 그녀에게 명함을 주었지만 그녀에게서는 그녀를 알리는 작은 쪽지 하나도 건네 받지 못했다는 것도 알았다. 그는 자기의 눈이 확인할 수 있는 것에 집착하여 다른 이면의 것들을 확인하지 않은 실책을 범했다는 것을 알았다.

신혜란, 나이는 동갑인 서른 살, 수필을 쓰고 있다는 것, 국문학과 출신, 직장인, 집은 신길동……

그는 결혼에 대한 거부를 알려줄 만한 그녀의 조건을 아는 만큼 나열해 보았다. 이름과 나이를 제외하고는 필요한 수식어가 빠져 있었다. 어디에다 수필을 기고하고 있는지 알 수 없었다. 어느 대학 국문학과 출신인지 알 수 없었다. 어느 직장인지도 알지 못했다. 신길동 그녀의 집이 어떤 집인지 알 길이 없었다. 이것들은 그녀가 의도적으로 말하지 않았거나 둘 다 조건 없는 사랑을 지향했으므로 그런 것들을 굳이 묻거나 대답할 필요가 없었다고 그는 판단하였다.

그녀의 실체를 확인하지 못하자 그의 모든 촉수는 그녀를 갈

망하기 시작하였다. 그의 눈은 그녀를 보고 싶어했다. 그의 손은 그녀의 실체를 만져보고 싶어했다. 그의 입은 그녀의 숨결을 느끼고 싶어했다. 그의 코는 그녀의 체취를 만끽하고 싶어했다. 그의 귀는 그녀의 목소리를 듣고 싶어했다. 그의 가슴은 그녀를 껴안고 싶어했다. 그의 성기는 그녀의 은밀한 곳에 머물고 싶어했다. 가서 닿을 수 없게 되자 그의 기관들은 열정에 휩싸여 다른 곳으로 향할 기능이 마비되기 시작하였다. 그의 눈은 다른 사물을 대할 때 몽롱하였다. 그의 손은 맥없이 풀어져 제 기능을 잃고 대롱대롱 매달려 있는 듯 했다. 그의 입은 말하는 것뿐 아니라 먹는 것조차 거부하였다. 그 외에 모든 기관들이 전기가 나간 기계처럼 동력을 잃고 풀풀거리다가 마비되어 갔다. 밤이면 잠들 수 없어 어두운 방에서 다리 사이에 얼굴을 묻고 그녀의 모습을 상기하며 지냈다. 그녀의 실체와 마주할 수 있던 시간이 빛이라면 그녀의 실체 없이 생각 안에서 그녀를 만날 수 있는 시간은 그림자였다. 그는 빛과 그림자의 차이란 엄청난 거리라는 것을 알게 되었다. 그의 모든 기관들은 그림자만으로는 만족할 수 없었다. 빛이 비추지 않으면 죽어가는 양지식물처럼 생명을 잃어갈 것이라는 감지가 그를 더욱 아프게 하였다. 사랑만큼은 완벽하게 이루어 내리라는 자신의 신념이 그 자신을 죽여가고 있다는 것을 그는 알 수 있었다.

며칠을 몇 년같이 지내다가 그는 그녀를 찾아 나설까 생각하였다. 그러나 그는 그녀를 찾는다해도 그녀가 그를 거부하면 완벽한 사랑을 이룰 수 없다는 결론을 내렸다. 그를 거부하고 간 그녀를 찾은들 무슨 소용이 있겠는가를 뇌이며 그는 눈물을 홀

렸다. 그런 와중에 희망 하나를 버리지 않았다. 그의 눈이 알아
본 그녀의 순수와 진실을 믿는다는 신념 위에 깔린 희망이었다.
기다리고 있으면 그녀가 그를 찾으리라는 희망은 그의 눈물을
먹으며 점점 커져 갔다. 그는 그 희망 하나로 생명을 지탱해내고
있었다. 몸은 급격히 말라 굶어 죽어 가는 소말리아인처럼 가죽
만 남게 되었고, 거동조차 할 수 없게 되었으나 눈만은 형형한
형체, 그 자체로 곱고 맑아 아름다웠다.

　모든 여자들이 빛깔고운 사랑을 꿈꾸며 사랑이 오기를 고대
하듯이 그녀 또한 아름다운 사랑을 꿈꿔 왔다. 소설과 영화 같
은 픽션이나 잡지 혹은 주변에서의 논픽션에서 사랑을 대할 때
면 자신도 언젠가 이들보다 더 아름다운 사랑을 할 수 있을 것
이라고 소녀적 꿈에 젖어 상상하는 것은 대단한 즐거움이었다.
그녀는 그와의 첫 대면에서 즉각적으로 특별한 사랑이 펼쳐질
것을 예감하였다. 문학을 위한 치열한 홍역을 치르던 10대와 20
대를 지낸 그녀는 상상과 픽션의 세계보다는 진솔하게 자신의
모습을 반추할 수 있는 수필이 좋았다. 꾸미지 않고 사물과 대면
할 수 있어서였다. 그러한 그녀에게 맑고 밝은 눈을 가진 그가
다가왔을 때 그녀는 그에게 영혼을 사로잡혔다. 그녀의 영혼은
그의 영혼 속으로 물과 공기처럼 하나로 빨려 들었고, 그녀의 육
체도 함께 아무 저항감이나 거부감 없이 섞여 들었다. 그녀는 그
와 함께 있으면 그녀를 둘러싸고 있는 울타리로부터 해방되어
자유로웠다. 그를 만나는 동안 단단하게 옹이진 그녀의 도덕과
양심은 한쪽으로 비켜서서 그녀의 사랑을 방해하지 않았다. 그와

의 만남은 탄생 이전의 세계로부터 이어진 것처럼 자연스러워서 도덕과 양심이 방해할 수 없는 다른 세계에서 펼쳐지고 있었다. 그와 만나던 순간들은 순수한 행복의 만찬이었다.

그러나 그녀를 보호하고 있던 유리벽은 그가 결혼을 신청했을 때 산산조각이 났다. 순수지고한 사랑의 유리벽을 도덕과 양심이 난타한 것이었다. 그리고 그로부터 분리되어 되돌아 나왔을 때 참기 힘든 시련과 고통을 그녀는 겪어야 했다. 쾌락은 순간적으로 지나가고 고통은 영원히 남아 있다는 절망감에 휩싸여 지내게 되었다. 그녀는 순수한 그에게 본색을 드러내며 돌아갈 수 없었다. 그녀의 처지는 그를 많이 망가뜨릴 것을 알기에.

도덕과 양심은 그녀를 그와 떼어놓은 후 그녀를 많이는 괴롭히지 않았다. 절연의 고통 앞에서 그와 함께 하고 싶은 순간을 정지시킨 도덕과 양심에게 더 이상 미안할 일은 아니라고 그녀가 생각했기 때문이었다. 또한 개인의 행복을 지속시키는 일보다는 사회를 유지시키는데 더욱 큰칼을 휘두르고 있는 도덕과 양심 앞에 순수한 사랑을 했던 자기가 굴복할 수 없다고 그녀는 굳게 믿으려고 하였다. 부끄러움을 갖는다는 것은 자신의 사랑을 더럽히는 일처럼 생각되었고, 도덕과 양심조차 그들의 사랑을 침범해서는 안 된다고 생각하였다.

그녀의 시련과 고통의 대부분은 그와의 단절과 열망에 기인된 것이었다. 사랑하는 사람을 보지 못하고 사는 고통은 증오하는 사람과 함께 살아야 하는 고통과 버금가는 인간의 최대 고통이라는 것을 그녀는 절절히 느꼈다. 손만 닿으면 연락할 수 있는 사랑하는 사람과 단절하고 지내는 시간들은 그녀를 절대적 고통으로 구겨 넣었다. 물 밖으로 밀려난 물고기처럼 공기 밖으로 밀려난 한 마리 짐승처럼 컥컥 숨을 쉴 수 없어서 그녀는 심한 멀미를 해댔다. 얼굴이 상기된 채 입을 반쯤 벌리고 허억허억 숨을 몰아 쉬다 손으로 가슴을 쓸어내려도 예리한 통증들은 사라질 줄 몰랐다. 사랑의 깊이가 깊은 만큼 고통의 소용돌이에서 벗어날 길은 없는 듯하였다.

이제는 돌아왔으니 자신의 텃밭을 가꿀 때라며 하루를 종종거렸다. 그를 그녀 안에서 추방해야 한다며 불칼처럼 달려드는 그와의 추억을 털어 버리려 하였다. 발은 현실을 딛고 있어야 한다고 자신을 타이르며 아침을 맞고 밤을 맞이하였다.

"당신, 나 없는 사이에 무슨 일 있었나? 마치 바람빠진 풍선 같군."

남편은 그녀를 안고 난 후면 걱정스런 눈으로 말하곤 했다.

"안되겠어. 어머님께 말씀드리고 아이를 집으로 데려와 길러야겠어. 당신, 아이보면 기운이 날거야."

그녀는 빈들의 바람처럼 앉고 일어서며 잠시도 일감을 손에 놓지 않았다. 그러나 조금도 고통으로부터 벗어날 수 없었다.

— 현세에 지은 죄는 현세에서 받는 법이야.

견디다 못한 그녀는 도덕과 양심에 굴복하고 용서를 빌면 고통에서 벗어날 수 있을 지도 모른다고 생각하여 용서를 주문처럼 외우며 고통을 잠재우려고 하였다. 시간이 지나면 모든 것이 해결될 것이라고 상처를 찌르는 고통의 칼날이 무디어지기만을 고대하였다. 그러나 그녀는 도덕과 양심만으로는 구원받지 못하였다. 사랑은 도덕과 양심으로 판결할 수 있는 차원에 머물지 않는다는 것을 다만 알 뿐이었다.

드디어 그녀는 쓰러졌다. 정신이 침범당하여 휘청거릴 때 육
체도 함께 부식되고 있었다. 병상에 누워 그녀는 울지 않았다.
고통은 순식간에 지나갈 것이고, 안식은 영원할 것이라고 생각했
으므로. 그녀는 이제 얼마 지나지 않아 시련과 고통은 사라지고
무색무취의 잠에 빠지리라 생각하자 마음이 조금 편해졌다.

그녀가 편하게 생각하는 마음이 생기자 마음 한 켠에 작은
공간이 생겼고, 그곳을 그가 채워왔다. 그의 눈빛이 그녀에게 가
장 먼저 다가왔다. 그의 눈빛은 후래쉬처럼 그녀를 보고 있었다.
그녀에 의해 꽁꽁 묶여있던 오랏줄을 풀고 그의 눈빛은 강렬히
그녀를 비추고 있었다. 그녀는 미소지었다.

― 내일이면 수화기를 들 힘도 없을 것 같아. 그를 한 번만
보고 이 세상을 떠나리라.

그녀는 힘겹게 전화기를 들고 보턴을 눌렀다. 그러자 후끈한
열기가 몸전체로 퍼졌으며, 영혼은 고통으로부터 자유로워져서
낙원을 유유히 거닐게 되었다.

병원문을 밀고 들어서며 그녀는 자명고를 안에 가둔 듯 몸
가득히 북소리를 듣고 있었다. 미열은 계속되고 있었으나 두통대
신 환희와 걱정의 가슴떨림이 발걸음을 휘청거리게 하였다. 그가
입원하고 있는 병실은 7층에 있었다. 엘리베이터 앞에서 그녀는
섬찟하도록 행복하였다.

― 살아 있다는 것은 얼마나 좋은 일인가. 살아서 사랑하는
사람을 눈으로 확인할 수 있다는 것은 얼마나 큰 축복인가. 미래

에 대한 보장이 없다고 한들 어떠랴. 지금 이 순간이 존재하는데.

엘리베이터에 오르자 그녀는 허청거리는 몸을 벽에 기대며 살아 있다는 것이 행복해서 입술을 깨물었다.

병실문을 살며시 밀고 들어서자 살아서 한 번만이라도 보고 싶던 그가 하얗게 누워 있는 것을 보게 되었고, 순간 우욱 터져 나는 울음을 한 손으로 막으며 다가섰을 때 그는 눈을 뜨며 말했다.

"오는 것을 느끼고 있었어."

그녀가 그의 가슴으로 쓰러지면서 말했다.

"정말 지독한 그리움이었어."

"날마다 자기의 꿈을 꾸었어. 자기는 꿈속에서 늘 멀리 있곤 했지. 무슨 말인가 하려다 사라지더군. 어젯밤 꿈에 자기가 나를 향해 비로소 걸어왔지. 그래서 오늘은 자기가 나를 보러 올 것이라는 확신이 있었어. 조금 전에 밝은 기운이 감지되더니 자기가 문을 열자 강한 열기가 나에게로 뿜어져 와서 자기인 줄 알았지."

그녀의 입술이 그의 입술을 막자 단감 향기가 났다. 하얀 시트 위에서 그들의 뼈마디마디가 아리도록 눈부시게 교감하였고, 링거가 한참 동안 흔들렸다. 링거는 날마다 흔들렸고, 그럴수록 그들의 육신에는 살이 붙어갔다.

퇴원수속을 밟던 날 그녀는 자신의 근황을 알렸고, 그는 담담히 듣고 있었다.

"자기의 조건은 중요하지 않아. 있는 그대로의 자기를 사랑할 뿐이야."

"있는 그대로의 자기를 사랑하는 것은 나도 사실이지만 조건
은 사랑의 결실을 맺기 위해서 무시될 수가 없는 거야."

"남녀가 사랑을 느끼는 시점의 조건들은 존재하지. 하지만 사
랑이 시작된 이후의 조건들은 사랑해야 할 상황일 뿐이야. 나는
자기의 남편이나 아이까지 가슴에 안으며 사랑할 거야. 우리 물
이 흐르듯 가자. 가다가 장마가 지면 흙탕물이 되기도 하겠지.
때로는 커다란 바위에 부딪쳐 비명도 지르겠지. 하지만 함께 흐
른다는 것만으로도 나는 행복해. 물처럼 풀잎을 스치고 잔돌을
어루고 안에 노니는 물고기들을 바라보는 즐거움이 큰 고통보다
훨씬 더 많을 테니까. 나는 이제 자기를 나의 일부가 아닌 내
자신으로 여기고 있어. 이미 사랑했고, 지금도 사랑하고, 있으며
이후에도 사랑할 유일한 단 한 여자야."

그의 눈빛에는 동요가 없었으나 그녀의 눈빛은 동요로 흔들
렸다. 이제 사랑할 수 없는 남편과 성생활을 유지해야 했고, 그
와 함께 있고 싶은 시간들이 아이를 돌보는데 쓰여져야 했기 때
문이다. 그녀의 조건을 수용한 그는 평정을 찾았으나 그녀는 자신
의 조건에 목죄어졌다. 조건들은 그녀를 불편하게 하였다. 또한
남편과 아이를 대할 때마다 단죄하는 죄의식이 그녀를 괴롭혔다.
도덕과 양심이 사랑을 억압시킬 때는 의지를 동원하여 죄의식으
로부터 멀어질 수 있었으나 사랑이 유지되자 끊임없이 바늘방석
처럼 도덕과 양심은 그녀를 찔러왔다. 사랑과 도덕의식은 서로
다른 차원에 살고 있지만 그녀에게 대단한 영향력을 행사하였다.
사랑도 도덕의식도 그녀를 지탱하고 있는 삶의 바탕이었다.

그녀는 불면증에 시달렸고 밥맛을 잃어갔다. 그는 사랑으로

모든 조건들을 포용하라고 종용했지만 뿌리깊은 그녀의 도덕의
식은 조절되지 않았다. 그녀는 여자들이 한 남자의 아이를 낳아
기르며 정조를 지키는 것이 사회를 지키는 한 표면의 모습이 아
니라 원초적으로 주어진 것이라는 생각에 젖었다. 죄의식은 아무
리 의식으로 포장하여 지우려해도 지워지지 않았고, 그녀는 파랗
게 질려 시들어 갔다. 사람과의 만남들이 단절되기 시작하였고,
미소가 사라져 갔다. 그녀를 지켜보면서 그는 눈앞에서 그녀라는
실체가 사라질까봐 두렵고 무서웠다. 새로운 대안을 제시해야만
했다. 그녀를 죄의식에서 벗어나게 하는 것이 그녀를 살리는 것
이었다. 길은 외길이었다. 그들은 같은 운명의 항아리 안에 있었
으므로 헤어질 수는 없었고, 그는 그녀에게 오로지 아내라는 자
리를 만들어 줄 수밖에 없었다. 그 길만이 그녀를 구하고 사랑을
완성시키는 방법이었다. 그는 사랑이 가장 소중하였으므로 직장
이나 도덕을 버리기로 하였다. 또한, 이곳에서는 그녀를 단죄하
는 죄의식들이 쉽게 사라지지 않을 것이라고 판단하였기 때문에
그는 이민을 결심하였다.

"3년 후에 돌아올께. 호주엔 대학 동창이 자리잡고 살고 있어
서 우리가 살 터를 마련하는 것이 한결 쉬울 거야. 함께 할 많
은 시간을 위해 3년을 우리 인생에서 접도록 하자."

그는 호주로 떠났고 그녀는 기다렸다.

"난 당신과 헤어지기로 결정했어요."

어머니가 있는 시골로 내려가는 차안에서 그녀는 자신이 한
말과 듣고 있던 남편을 떠올렸다. 막연한 불안감이 마침내 현실

로 다가왔다는 불편한 얼굴이 아닌 가면 같은 얼굴로 로봇처럼
감정 없이 남편은 말했었다.

"당신은 자신이 친 가시울타리 때문에 죽는 날까지 괴로울
사람이야. 나나 아이에게 뿌리내린 가시울타리들은 평생을 거두
어도 다 치우지 못해."

그리고는 돌아서서 서재로 가버렸었다. 파경은 예정되어 있었
다는 듯이.

그녀는 3년 간 남편과의 잠자리를 피해왔었다. 처음에는 핑계
로. 나중에는 짜증으로. 자연스럽게 각 방을 쓰기 시작했었다. 그
녀는 잠자리를 제외한 모든 집안일에는 최선을 다하였었다. 더
할 수 없을 만큼. 평생동안 아내로서 해야 할 일을 3년 간 마무
리지어야 한다고 흡사 노예가 주인에게 하듯이 온 정성을 쏟았
었다. 그것은 아이에게도 마찬가지였었다. 아이가 성인이 될 때
까지 돌보아야 할 어머니로서의 역할을 할 수만 있다면 3년 간
해야했었다. 그녀는 아이의 눈과 마주치는 것을 금기로 여겼었
다. 세상을 하얗게 밝힐 수 있을 것 같은 아이의 눈동자를 바라
본다는 것은 영원한 짐이 될 것이라 여겼었다. 그녀에게 지난 3
년이란 기나긴 기다림이었고, 질기디 질긴 아픔이었었다. 그의
눈이 곳곳에서 지켜준다는 믿음과 상상 없이는 견딜 수 없는.

자식들과 사는 것도 마다하고 아버지가 묻히신 묘지가 있는
마을에서 조촐하게 농사를 지으시는 어머니의 집에 들어섰을 때
어머니는 집에 계시지 않으셨다. 마당에서 올려다 보면 보이는
아버지의 묘지를 먼저 찾아 뵈어야겠다고 고개를 돌렸을 때 묘

지 곁에 누군가 있는 것이 보였다. 어머니일 것이라는 생각이 들자 발걸음이 저절로 그곳을 향했다. 어머니에게만은 떠나는 이유를 말하리라고 작정을 하고 왔지만 가슴이 떨려왔다.

묘지에 다가서기도 전에 어머니는 딸을 먼저 알아보고 웃음기 어린 얼굴로 맞이하였다. 하늘은 눈이 내릴 것같이 잔뜩 흐려 있었다. 누렇게 시든 잔디와 어머니는 닮아 있었다. 결코 한 번도 살이 찐 적이 없던 어머니의 움푹 드러난 광대뼈는 을씨년스럽게 드러난 나뭇가지의 배경과 하늘로 더욱 애처로워 보였다. 한 번 터지면 봇물이 될 울음기가 목울대를 묵직하게 차고 올라와 하늘을 바라보았다. 아버지에게 절을 하고 그녀는 남의 얘기하듯이 단숨에 자신의 이야기를 해 버렸다. 그녀가 예상했던 것과는 판이하게 측은한 얼굴로 바라보던 어머니는 딸의 손을 잡아 무덤 앞에 앉혔다.

"너에게 이제는 알려주어야겠구나. 나는 항시 무섭고 두려웠다. 네가 나와 같은 길을 걷지 않기를 빌고 빌었느니라. 이제 또 다른 무섭고 두려운 사랑이 내 곁에서 벌어졌구나. 나도 이제 네 아버지 곁에 묻힐 날이 얼마 남지 않았으니 너에게 꼭 알려줄 이야기가 있다. 너의 아버지가 한때 직업 군인이셨던 것은 너도 잘 알고 있겠지. 너의 아버지가 월남에 파병나갔을 때 나는 무서운 사랑에 빠졌다. 죽음조차 불사할 수 있다고 믿었던 사랑이었지. 그때 너를 가졌다. 죽음조차 두렵지 않았기에 난 네 아버지에게 당당히 밝혔고 헤어져 달라고 했다. 네 아버지는 그런 나를 놓지 않으셨다. 증오와 사랑은 이면의 이유였지만 체면이 표면의 이유였지. 나는 떠날 수 없었다. 확실히 말할 수 있지만 나는 너

의 아버지를 선택했다. 얘야, 나는 내가 가지 못한 길을 너에게
도 가지 말라고 말리진 못하겠구나. 그 꿈은 지금까지 내가 이루
고 싶었던 한 가지 소원이었으니까. 하지만 난 나의 선택을 후회
한 적이 없다. 전통이나 도덕을 지켰다는 것에 대한 일종의 치졸
한 자존심이 아니니라. 처음 선택한 가정을 지켜내는 것은 새로
운 가정을 꾸미는 일보다 가치가 있고 사회 존속을 위해 소중하
다는 깨달음 따위들이 더욱 아니다. 말로는 설명할 수가 없구나.
느낌으로 아는 일이라서. 말이란 때때로 진실을 드러내기보다는
더욱 가두는 법이다. 내가 아무리 설명해도 너는 나의 느낌을 이
해하지 못한다. 사람이란 다 각자의 위치에서 느끼고 깨닫는 법
이지."

　하룻밤을 지내고 그녀가 떠나올 때 어머니는 꽃나무에 짚을
싸매 주고 계셨다. 두꺼운 겨울옷으로도 감추지 못하는 어머니의
앙상한 어깨에 눈길이 가자 그녀는 다시 모질게 마음을 다그쳤다.
　- 어머니, 세상이 달라졌어요. 저는 어머니처럼 마른 풀같이
살다가 가지는 않을 거예요.

　하늘은 무거워진 몸을 쉴 새도 없이 풀고 있었다. 첫눈치고는
제법 많은 양의 눈이었다.
　- 갠지스강물처럼 이 눈이 나를 씻어주는 거야. 마치 성수처럼.
　그녀는 이 눈이 지나간 세월을 씻어주고 새 삶을 끌어줄 순
백의 정화수로 여기고 싶었다. 앞길에 축복을 열어주는 나비들의
향연이라고 간절히 믿고 싶었다. 그녀는 눈을 맞으며 걷고 또 걸
었다. 날아갈 것 같은 마음은 집에 돌아와서도 한참 지속되었다.

이제 그가 올 날만 기다리면 되겠구나라고 생각하며 잠자리에 들어 벽을 바라볼 때까지는.

그녀가 누워 벽의 한 쪽을 바라보던 순간 붉은 외눈이 그녀를 노려보고 있었다. 비명을 지를 수도 없을 만큼 참혹한 공포를 불러 일으키는 눈이었다. 벌떡 일어나 스위치를 눌러보니 붉은 눈은 다름 아닌 스위치의 위치를 알려주는 작은 붉은 표시등이었다. 놀란 가슴을 억누르며 불을 껐을 때 그 붉은 눈은 파릇이 살아나 그녀에게 달려들었다. 3년 간 그녀는 그의 눈과 함께 했었다. 깨어 있는 순간에 떠올렸고, 어떤 일을 하든지 그 눈이 지켜본다는 것을 의식하며 지냈다. 그런데 그의 눈은 사라지고 붉은 눈이 그녀를 잡아매고 있었다. 붉은 표시등을 가려버려도 각인된 붉은 눈은 사라질 줄 몰랐다. 그가 곁에 없는 고통보다 더 육중하고 날카로운 고통이 그녀를 강타하기 시작하였다.

그녀는 그를 선택할 수 없다는 것을 알게 되었다. 선택은 그녀 마음대로 되는 것이 아니라는 것을 알게 되었다. 그를 사랑한 순간부터 선택의 칼자루는 그녀의 몫이 아니라는 것을 그제서야 깨닫고 그녀는 몸서리를 쳤다. 오색빛 사랑은 날카로운 칼끝을 품고 있었다. 한 번 찌르기 시작하면 절대로 멈추지 않는 칼날은 그녀를 날마다 난자하였다. 그녀는 밤낮으로 신음하였고, 처절하게 몸부림쳤다.

그녀에게 희망은 없어 보였다. 어느 쪽도 절망이었다. 절망 속에 핀 꽃을 찾아 붙잡고 가야할 세월만이 그녀에게 남았다는 것을 의식하였다. 인간은 살아있는 순간까지는 절대로 희망을 버리지 않는다거나 어떠한 절망 아래에서도 고개를 비틀며 희망은 피어나는 법이라고 자신을 추스리려 하였다. 그녀는 붉은 눈으로부터 벗어날 방안을 모색하였다. 곱고 아름다운 생각만을 떠올려 보기도 하였다. 봉사단체를 찾아 녹초가 되도록 일에 몰두도 해보았다. 그러나 붉은 눈이 틈입할 공간은 너무나 커서 그녀의 노력만으로는 메꾸어지지 않았다.

도저히 구원받을 수 없다는 절망감에 사로잡혀 희망을 버리자 구원의 빛이 그녀에게 다가왔다.

"엄마!"

만 네 살 아이가 그녀의 눈을 들여다보고 있었다.

그녀는 찬찬히 응시하였다. 아이의 눈을.

구원이 이곳에 있다는 것을 그녀는 즉각적으로 알아차렸다.

붉은 눈이 서서히 사그라들고 아이의 눈이 총총히 박혔다.

떠올리려고 노력하여도 되지 않던 그의 맑은 눈이 아이의 눈과 같이 있었다.

— 이 네 개의 눈이 나의 삶을 지탱해주리라.

네 개의 눈이 지켜주는 가운데 길고도 달콤한 잠 속으로 그녀는 떨어졌다.

긴 잠에서 깨어나니 난꽃의 향기가 은은히 방안을 채우고도 남아 그녀의 코끝을 간지럽혔다. 그녀는 난에 대한 글을 써내려 갔다.

<다투어 피는 향기조차 화려한 꽃들보다 난꽃이 칭송받는 이유는 뭘까라며 몇 날을 생각한다. 꽃 자체의 수려함보다는 그

꽃이 딛고 서 있는 자리 때문이 아닐까. 영양가라고는 찾기 어려운 난석에 몸을 맡기고도 부족하지 않다며 욕심부리지 않는 자리에서만 난꽃은 핀다. 사랑하되 사랑하는 사람을 욕심내지 않는 사람은 향기롭다. 그런 사람의 눈에게서는 난꽃의 향기가 난다. 난꽃이 온 방안에 향기를 무상으로 제공하듯 그런 사람이 지닌 맑은 눈은 세상을 향기나게 한다.>

그가 정신병원에서 죽은 후 유품에는 다음과 같은 글이 남겨져 있었다.

<이 글은 내가 쓰고 보는 마지막 글이 될 것이다. 너 외에 다른 사물을 바라봐야 하는 눈이 너와의 생각을 단절시켜서 고통스럽다. 그래서 눈을 없애려 한다. 한정된 공간을 보게 하여 진실을 왜곡시키는 눈은 사라져야 옳다고 생각했기 때문이다. 나는 너만을 생각하며 보낸다. 눈을 뜨면서 너와 함께 한 말과 행동을 떠올린다. 너의 말과 행동은 잠자기 전까지 이어지고 때로는 꿈까지 직결된다. 완벽한 행복의 순간들만이 나의 하루를 지배한다. 황홀한 행복에 취해 지내는 시간을 방해받고 싶지 않아 정신병원으로 가려한다. 그곳만이 나의 행복을 지켜줄 유일한 장소이기 때문이다. 도시는 광견병걸린 개 모양 헐떡거리고 있어 내가 있을 곳이 되지 못한다. 도시의 미친 바람이 가치 없는 잣대로 나의 사랑을 심판하는 것이 싫어서 나는 도시와 사람을 떠나려는 것이다. 밝은 온기가 전달되어 네가 잘 지내고 있다는 것이 느껴진다. 진실로 모든 것이 고맙고 감사하기만 하다.>

혼자 서 있는 여자

혼자 서 있는 여자

선경은 가시 울타리가 쳐져 있는 배밭에 서 있다. 한 남자가 벌거벗은 몸으로 역시 아무 것도 걸치지 않은 그녀를 품에 안고 담금질을 하고 있다. 낮이었는데 부끄럽다는 생각이 조금도 들지 않는다. 조금만 더 오르면 배꽃이 흐드러지게 필 것 같은데. 남자의 허리를 거머쥐고 힘을 쓰려는데 어둠이 확 눈에 든다.

익숙한 침대 위에서 휘부연한 창가로 눈을 주다가 오른손을 가져다가 두 눈을 지긋이 누른다. 온 몸에서 떠돌던 참을 수 없는 격정을 실어 깊은 한숨을 내쉰다.

― 용수철 같은 성욕을 누르고 가두기만 했더니 꿈속에서 퉁겨져 일어서는군. 차라리 이 구차한 욕망이 사라지면 좋으련만.

피휴후우우우 그녀는 다시 오장육부 구석구석에 도사렸다 모아진 긴 한숨을 쉰다. 깊은 바다에서 공기 주머니를 열어 놓은 듯 길디 긴 한숨을 자제할 틈도 없이 내쉬는 버릇이 생겼다. 눈을 감고 가만히 있다가 일어나야지 하며 혼잣말을 한다. 다시 심연에서 새어져 나올법한 긴 한숨을 쉬며 빈 옆자리를 손바닥으로 두어 번 쓸어본다.

– 남편을 깨워 운동을 시킬 시간이 얼마 남지 않았어. 그래도 오늘은 조금 이르네.

눈만 뜨면 딸들이 각자의 방에서 곤한 잠에 취해 있는지 걱정부터 앞선다. 사고 이후 생긴 만성병 같은 증세다. 딸들이 잠든 방문을 열고 들어선다. 딸들의 얼굴에 머물고 있는 고요와 평안을 둘러본다. 안도와 감사의 마음이 동시에 들면서 방문을 조용히 닫는다.

화장실 스위치를 올린다. 그리고 밝은 빛으로 걸어 들어간다.

어깨를 덮고 있는 머리카락이 형광 불빛에 부스스해 보인다. 오른 손가락으로 머리를 쓸어 올리며 고운 태가 역력한 30대 중반의 여인이 거울 안에서 말한다. 억지 미소를 잔뜩 머금고.

"나는 선경이를 사랑해 나는 선경이를 사랑해 나는 선경이를 사랑해."

생물학과 후배가 미인이 되는 법이라면서 가르쳐 준 것을 떠올린다.

"선배님은 미인이시지만 마음이 더 미인이세요. 그래서 제가 특별히 가르쳐 드리는 겁니다. 잠을 깬 모습은 하루 중 가장 가꾸지 않은 모습이면서 가장 미운 상태죠. 침 흘린 자국이며, 눈 꼽낀 눈이며, 정리되지 않은 머리카락 등이 이 때 만큼 적나라하게 드러날 때가 없잖아요. 일어나자마자 거울로 가세요. 그리고는 자기 귀에 들릴 정도로 말하는 겁니다. 나는 너를 사랑한다

나는 너를 사랑한다 나는 너를 사랑한다. 크게 외칠수록 더 효과
가 좋아요. 미소짓게 되고 힘찬 하루가 열립니다. 자신에 대한
애정이 솟으며 나아가서 자신이 하는 일조차 사랑하게 되니 인
생이 환해지지요. 결국 육체적으로는 자기의 최고 못생긴 모습을
보고 웃다 보니 어떠한 상황에서도 미소를 짓게 되어 웃는 부처
상이 되고, 정신적으로는 자기애와 자기 자부심과 자기 일에 대
한 추진력을 갖추게 되어 성공적인 인생을 살게 된다는 거예요.
3년만 실시해 보십쇼. 미인이 안되면 제가 이 입에 장을 지집니
다. 미인이 되시면 제 입술에 입맞춤 한 번 해주셔야 합니다."
    ― 미인이 되어서 후배에게 입맞춤할 확률은 거의 없겠는 걸.
    선경은 쓸쓸한 미소를 머금고 있는 마른 여인을 거울 안에서
보고 있다.
    그녀가 새벽마다 자신을 보며 사랑을 속삭이기 시작한 것은
더 이상 버티기 어렵다는 생각이 들던 2년 전부터였다. 미인이
될 것이라고 믿어서가 아니라 우울하고 근심어린 어두운 얼굴에
서 벗어나려는 몸부림의 일종이었다. 밝고 명랑하게 웃으면서 살
아야 한다, 남들 앞에 불쌍한 모습을 보여서는 안 된다를 하루에
도 수십 번씩 다짐하고 다짐해도 떨어져 내리는 감정을 붙잡을
길이 없을 때 문득 후배의 말이 생각났다. 억지로라도 밝게 웃다
보면 웃어질 일이 있다고 믿었기에 다음날부터 실시했다. 나름으
로 효과를 발휘했는지 주변 사람들로부터 얼굴이 맑아졌다는 얘
기를 가끔 듣기는 했다.
    쌀을 전기밥솥에 앉히고 상을 대강 차려 놓는다. 딸들이 등교
하기 전에 돌아와서 밥상을 차리기 쉽도록.

새벽바람이 차다. 스웨터를 꺼내 입고 올 걸 그랬다는 생각을 하며 차 히터의 스위치를 누른다. 아파트를 빠져나가 3분을 달리자 육중한 하얀 건물이 감옥처럼 을씨년스럽게 새벽빛을 받으며 모습을 보인다. 푸휴우우우우 한숨을 내쉰다.

"한승주 계장님댁이시죠. 지금 한승주 계장님께서 교통사고를 당하셔서 청남병원에 계십니다. 연락받으시는 대로 청남병원 응급실로 오세요."

남편의 교통사고 소식이 전화의 메시지를 타고 전해지던 날은 특별한 암시나 예감조차 없던 일상의 틈새 가운데였다. 그녀가 급류를 타기 시작한 5년 전 그 날도 다른 날과 다름없이 남편과 딸들을 배웅하고, 청소하고, 밀린 빨래를 하고, 시장을 보고, 이웃집 여자와 차를 마시고, 시덥잖은 대화를 즐기다 돌아와 저녁을 준비하기는 빠르고 낮잠자기도 그렇고 해서 비 오는 아파트 창문을 감정 없이 바라보다 전화기가 메시지 신호를 담고 있는 것이 보여 감정 없이 꾹 눌렀는데 일상을 바꿀 단어들이 고막 속으로 들어왔다. 비보였다. 믿기지 않았다. 다시 돌렸다. 가슴이 투둥투둥 걷잡을 수 없이 뛰었다.

"한승주 계장님댁이시죠. 지금 한승주 계장님께서 교통사고를 당하셔서 청남병원에 계십니다. 연락받으시는 대로 청남병원 응급실로 오세요."

그 날부터 그녀의 일상이 다른 일상으로 바뀌었다. 일상이란 같은 단어가 상황에 따라 달라지는 틈새는 어마어마해서 한 세상을 건너온 듯 했다. 익숙한 일상의 틀에서 건너 뛰어 다른 일상으로 넘어가기까지의 중간 과정은 끔찍했다. 순간순간 그녀가 전에 익숙하게 누렸던 일상의 안온함의 크기와 고마움은 꿈결같이 느껴지곤 했던 시간들이었다. 수많은 사상자를 뉴스마다 보고 받는 한 서민으로 살다보니 교통사고에 관한 한 지독한 원시안이 되어 있었기 때문에 자신과는 무관한 일로 여기며 살았었다. 교통사고가 자신의 앞에 놓인 현실이 되자 상황은 급변하였다.

설마 별일 아니겠지. 아암, 특별히 누군가에게 죄지은 일도 없는데 주문처럼 외우고 외우며 마음을 진정시켰다. 방정맞은 생각말자고 마른침을 삼키며 병원문으로 들어서는 순간 알았다. 철옹성의 감옥에 갇혀 살 게 될 것을. 장애라는 그 불편함의 감옥 안에 살게 되리라는 것을.

남편의 교통사고는 죄로부터 비롯된 것이 아니었다. 벼락맞는 일처럼 다만 현대의 문명인 차를 타고 가다가 빗길에 미끄러졌을 뿐이었다. 그러나 그 결과는 너무나 치명적이었다. 사망에 근접한 중태. 그녀는 햇살 없는 독방에 감금당했고, 육체의 지독한 가난 속으로 침몰당했다. 별반 눈물이 필요 없던 삶의 선로에서 이탈되자 눈물은 몸의 어느 구석에 저장 탱크를 마련하고 있었는지 무한히도 솟아 올라 굴러 떨어지곤 했다.

"--- 의사 선생님, --- 식물인간이라도 좋아요. --- 목숨만 --- 목숨만이라도 붙어있게 해 주세요. --- 그럴 수만 있다면 --- 제 손발이라도 자를께요 --- 저와 딸들은 --- 그이가 --- 이 세상에 살아 있다는 것만이라도 --- 힘이 될 거예요 ---"

평생 흘릴 눈물이 다 소진될 때까지 마음을 다잡아 먹어도 주체할 수 없이 눈물이 흘렀다. 그 이후로는 울고 싶어도 눈물이 흐르지 않았다.

당신의 매력은 가을 하늘처럼 맑은 눈이야. 풀밭에 누워 맑은 하늘을 바라보는 기분이지. 맑은 하늘을 안고 있는 느낌이야. 때로 맑은 하늘에 안겨 있는 느낌이기도 하고. 진한 오르가슴을 느끼게 하고는 머리를 쓰다듬으며 남편은 말하곤 했었다. 남편 덕분에 자부심을 가졌던 눈은 가장 아픔과 슬픔을 표현하고 배출해내는 통로가 되었다. 견딜 수 없는 열기를 눈물로 식히지 않았던들 온전히 견뎌낼 수 없었을 것이다. 그 이후로 피멍이 가시지 않아 그녀의 오른쪽 흰자위에는 붉은 반점이 남게 되었다.

그녀는 이른 시간이라 주차할 장소를 쉽게 발견했으므로 주차선에 차를 똑바로 댄 후 시동을 끈다. 오늘 하루도 열심히 살자고 입을 달싹거리며 말한다. 창밖의 사물들이 아직 햇살을 못 받고 활동하는 사람들이 없어서 활기가 없어 보인다. 자기가 없는 남편 같다는 생각을 한다.

목숨을 부지하기 어렵다던 상태에서 남편의 의식이 돌아나던 날 감사함도 잠깐 그 날부터 그녀는 저당잡힌 몸이 되었다. 척추신경을 다쳐 허리 이하가 마비되어 버렸고, 의식은 단번에 돈아오르지 않았다. 처음엔 저능아 상태로 언어도 어눌하고 사람도 알아보지 못하였다. 치료를 위해 묶여 있던 남편은 단달마의 비명을 질러대며 욕을 하기 일쑤였다.

"으으웃 으으음으웃 으으음 씨이바알녀나! 으으음 개애가트은

녀나! 으으음으 ……"

이를 득득 갈면서 신음을 내뱉다가 다문 이빨 사이로 백 년 원수처럼 욕을 해댔다.

"조금만 참아. 응. 자기는 잘 견딜 수 있어. 아빠 보고 싶어하는 해인이, 해연이 생각해 봐. 응. 자기야. 많이 아프지. 그래 신음을 내뱉어. 욕을 막 해. 응. 자기야 ……"

옹알이 하는 아이를 달래듯이 말을 잇고 또 이으며 보살폈다. 살아있음만으로 감사했다. 남편이 아무리 욕을 해도 화가 나지 않았다. 얼마나 아프면 점잖던 남편이 저렇게 변할까 싶어 연민만이 앞섰다.

욕을 하면 어르고 욕을 하면 어르는 끊임없는 소란을 같은 병실 사람들은 처음에는 젊은 여자가 안됐다고 혀를 찼다. 동정표를 던졌다. 그러다가 잠을 못 잘 정도가 되자 더 이상 참지를 못하고 화를 내기도 하였다. 그러나 얼마 지나지 않아 그녀의 열의 있는 간호에 혀를 내둘렀다. 오랜 병원 생활을 해본 환자들은 감탄했고, 부러워했다.

그녀의 일상은 환자를 돌보는 일로만 그치지 않았다. 남편의 일에 대한 마무리가 남아 있었다. 관행처럼 영수증을 챙기지 않는 거래처에서 남편은 죽은 사람이었기에 공금 액수에 차이가 난다며 돈을 요구했던 것이었다. 상사는 상황은 이해하지만이라는 사족을 달면서 일단 회사와 합의를 보려면 공금을 채워 넣어야 한다고 연신 전화를 하거나 찾아와 독촉하였다. 액수는 평상시 만져볼 수도 없을 만큼 커서 적당히 메꿀 수도 없었다. 돈 앞에서 인정이 메말라가는 현실에 치가 떨렸다. 회사 일을 하다가 돌아오는 길에 이 지경이 되었는데 말끝을 맺지 못하고 입술을 깨물었다.

유치원과 초등학교 1학년인 딸들의 일상을 지키는 일은 더욱 벅찼다. 딸들에게 아버지의 처참한 모습을 보게 할 수는 없었다. 딸들이 아버지의 모습을 본다면 그들의 일상은 무너지리라. 내가 이들에게 부는 찬서리를 막아내야 한다며 안간힘을 썼다. 처음 얼마동안 친정 식구와 시댁 식구가 돌아가며 딸들의 의식주를 도왔다. 유치원과 학교 보내기와 식사와 잠자리가 어렵지만 해결되었다. 그러나 얼마 지나지 않아 그들도 생활인이라 자신들의 둥지로 돌아가야 했다.

안온한 일상으로 만들기가 가장 어려운 일은 시어머니와의 갈등이었다. 산재 처리가 되면서 시설이 좋은 병원을 선택하다보니 집과의 거리는 차로 한 시간 반 남짓 되었다. 운전 면허는 있지만 장롱면허여서 남편의 차를 운전할 수도 없었다. 병원에서 자다 깨다 하다가 딸들이 있는 집으로 새벽같이 버스나 택시로 달려가 식사와 옷을 대강 마련해 놓고 오전 내에 병원으로 돌아와야 했다. 생활전선에 매달려 있는 친척들이 몇 번의 도움을 주고 떠난 후에도 떠나지 않은 유일한 분이 시어머니였다.

그러나 처음에 부들부들 떠시면서 지성으로 아들의 병간호에 임하시던 시어머니는 시간이 흘러감에 따라 멀미를 내셨다. 활달하여 노는 것 좋아하시고, 품은 말 내뱉지 않으면 화병이 나시는 괄괄한 성미의 시어머니는 석 달도 되지 않아 짜증을 내셨다. 사실 석 달도 시어머니 성깔로는 많이 참아내신 것이었다. 잠시도 비울 수 없는 병실의 감옥살이는 시어머니를 광포하게 만들었고,

그녀의 예민한 신경에 칼질을 하였다. 짜증의 말은 원망의 말이
되고, 원망의 말은 저주의 말로 변해 갔다. 딸만 낳아 곱지 않던
시어머니의 시선은 노골적인 언사로 바뀌어 그녀를 더욱 고통스
럽게 했다. 죄인처럼 시어머니의 눈치를 보고 비위를 맞추는 일
이 가장 힘겹고 버거웠다.

"메누리 잘 봐야 집안이 피는디. 아이구, 이녀느 복도 지지리
읎지. 재수 없는 년 옴 붙어 온다고 집안 망해 먹을 거여."

환자의 가족에게 넋두리를 하는 것까지는 참을 만했다. 아들
이 저 모양이 됐는데 누구에게 화풀이 하나 이해하자 하였다.

"합의금이 수억이라는디. 인자 너는 팔자폈구먼. 어이구 이녀
느 신세. 누구는 파알자가 피고 누구는 비엉신 자식에 날이면 날
마다 비엉원에 처박키어 살아야 하니. 어이구우."

피가 거꾸로 솟구치는 것 같았다. 더 이상 참아낼 수가 없었
다. 참고 참았던 분노가 터져 버렸다.

"저 돈 필요 없으니까 어머님 다 가지세요. 아범 간호하는 거
어머님이 맡아 하시든지 그만 두시든지 마음대로 하세요."

환자를 곁에 두고 해선 안될 말이 오고 갔다.

펄펄 뛰시며 가슴에 비수를 사방으로 꽂으시던 어머님은 급
기야 짐을 벗어 던졌다는 신바람을 숨기지 못하면서 재빠르게
육체의 감금으로부터 탈출하였다. 나름으로 삶을 선택하고 윤택
하게 사는 방법의 하나를 시어머니는 실천하셨다.

그 날부터 그녀는 혼자 모든 일을 처리해 왔다. 실질적 가장
이었다. 가정이란 건강한 두 남녀가 온갖 정성을 들여도 잘 유지
하기가 어려운 법이었다. 그런데 여자 혼자서 병자를 간호하며

가정을 꾸리는 데는 늘 절벽처럼 한계에 부딪치는 일이 많았다.
보통 여자에게 간단한 일이 때로 너무나 어려운 시련이 되기도
했다. 아주 간단히 식사를 마련하는 것부터 집안 대소사를 챙기
는 일까지.

그녀는 브르르 떤다. 그 때를 생각하면 가슴이 시리고 끔찍해
서. 차 밖이 싸늘해서.

그녀는 엘리베이터를 기다린다. 엘리베이터가 칠 층을 지나
내려오고 있다는 표시인 7이라는 숫자를 바라본다. 6과 5를 지나
사 층에서 시간을 끈다. 누가 내리나 보다. 나에게 행운은 이제
없는 걸까? 의문이 머리 안으로 툭 들어온다. 사람들은 나를 총
체적으로 판단할 때 불행한 여자라고 한다. 맞는 말일까? 나는
정말 불행한 걸까? 이제 시간이 남아도나 보다, 별생각을 다 하는
걸 보니 하며 이마와 머리를 문지른다.

"아빠는 몸이 아프셔서 한동안 못 온단다. 너희들이 고운 마
음으로 기도하면 곧 오실 거야. 아픈 아빠가 너희가 예쁘게 잘
자라고 있다는 소식을 들으시면 힘이 되시겠지. 엄마는 그런 소
식만 아빠에게 전하고 싶어. 엄마가 힘들거든. 너희가 엄마를 도
와주었으면 좋겠어."

"엄마! 내가 도와줄께. 아빠 빨리 낳으시라고 기도할께."

"엄마, 해연이가 도울께요. 제가 청소할께요."

딸들은 숲에 풀어놓은 새떼처럼 재잘거려서 그녀를 풀죽지
않게 했다.

"나는 자기가 살아 있는 것만으로도 만족해. 해인이, 해연이
에게도 아빠가 계시다는 것만으로도 얼마나 힘이 되겠어. 의술이

점점 발달하고 있어. 언젠가는 걷게 될 거야. 나 당신 믿어."

욕창이 덜 생기도록 몸의 위치를 바꿔 주면서, 마비된 다리를 주무르면서, 대소변을 받아내면서, 미소를 지으면서 반복하고 반복하며 말하였다. 남편은 의식이 거의 회복되어 갔으나 어린 아이가 되어 버렸다. 아기처럼 돌보다 보니 그녀를 향한 눈빛이 남편으로서가 아닌 자식의 눈빛이 되었다.

처리해야 할 일이 산더미 같더니 삼 년이 가까울 무렵 자리가 잡히기 시작하였다. 남편은 여러 번의 피부 이식 수술 덕분에 2년 만에 욕창이 사라져서 휠체어로 이동할 수 있게 되었고, 병원 근처로 이사하게 되어 딸들과 함께 살 수 있었다. 평생 동안 재활 치료를 받아야 하는 남편은 주말마다 그녀가 모는 차를 타고 집에서 잠을 잘 수 있게 되었고, 절망에 빠지는 시간을 줄이고 시간을 즐기기 위해서 컴퓨터를 배우게 되었다. 회사는 환자에 대한 그녀의 지극 정성을 참작하여 후하게 합의금을 주었고, 부족한 공금을 메꾸는데 필요해서 빌렸던 돈도 갚을 수 있었다. 시댁에서도 시간이 흐를수록 합의금이나 받아 챙기고 도주하지 않을까 하는 항간의 의심을 버리고 시아버지가 돌아가시자 시골 땅마지기까지 유산으로 챙겨 주었다. 이때까지는 고뇌하고 슬퍼하는 시간도 사치였다. 그럴 만한 정신적, 육체적 시간이 없었다. 눈뜨자마자 시작되는 일과는 졸다 깨다 밤중까지 이어졌고, 날이 밝으면 또 다시 이어졌기 때문이었다.

문제는 삼년 뒤 여유가 생기면서 시작되었다. 남편의 병원비는 산재로 해결되었고, 합의금의 이자와 간병비는 근검절약이 몸에 배어 있는 그녀가 쓰기에는 부족하지 않아서 재저축이 되고

있었다. 딸들은 그녀의 환한 배려와 교육으로 아빠에 대해 거리
감이 없이 밝고 명랑했으며, 남편은 예전보다 더 순진무구한 웃
음을 베어 물곤 했다.

　그러나 여유가 자기를 추락시킨다는 것을 그녀는 그때부터
느끼기 시작하였다. 느낌의 신호탄이 한 번 쏘아 올려지자 본격
적인 소용돌이가 시작된 것이었다. 환부가 아니면 통증을 느끼지
못하는 법인데, 뜻하지 않게 통증은 그녀의 내부에서 일어났다.

　그녀가 탄 엘리베이터의 숫자가 4를 지나 7을 지나 8에서 멈
춘다. 남편이 기다리는 8층의 문이 열린다. 환한 햇살로 몸을 드
러내지 않은 복도가 내 마음 같다는 생각을 한다. 어둠을 억지
등불을 세워 누군가 벽에 부딪치거나 무엇엔가 걸려 넘어지지
않도록 몸을 밝히고 있는 복도가 나 같다고 생각한다. 늘 그런
생각이 싫어서 걸음의 보폭을 빠르게 하며 병실의 문을 연다.

　침대를 세워 남편이 휠체어로 옮기기 쉽도록 돕는다. 그녀나
남편이나 익숙하다. 휠체어를 민다. 엘리베이터 앞에서 기다린다.
탄다. 내린다. 운동실로 들어간다. 남편이 운동하는 걸 돕는다.
휠체어에 남편이 타는 걸 돕는다. 휠체어를 민다. 엘리베이터 앞
에서 기다린다. 탄다. 내린다. 휠체어를 민다. 남편이 휠체어에서
침대로 옮기는 걸 돕는다. 침대를 바로 한다. 편한 눈길을 주고
받고 돌아온다. 딸들의 식사를 챙긴다. 옷을 챙긴다. 배웅을 한
다. 청소를 하고 세탁기를 돌린다. 병원으로 간다. 남편을 컴퓨터
학원으로 데리고 간다. 기다린다. 남편과 집으로 온다. 점심을 먹
는다. 남편을 목욕시킨다. 휠체어에서 침대로 옮겨 남편이 낮잠
잘 수 있게 한다. 아이들이 돌아온다. 아이들의 이야기를 들어주

거나 놀아준다. 아이들을 학원에 데려 간다. 집으로 돌아온다. 남
편을 침대에서 휠체어로 옮기는 걸 돕는다. 남편의 간식을 준비
해 준다. 아이들을 데리러 간다. 저녁 식사 준비를 한다. 남편을
병원에 데려다 준다. 집으로 돌아온다. 아이들과 저녁을 먹는다.
아이들이 놀다 잘 수 있도록 준비한다. 병원에 간다. 남편이 잠
들 수 있도록 돕는다. 집으로 돌아온다. 딸들의 방을 돌아본다.
안방으로 들어선다. 시계는 열한시 반을 넘고 있다.

그녀는 녹초가 된 몸으로 침대에 눕는다. 옷을 벗기가 귀찮고
싫다. 씻을 염도 나지 않는다. 푸휴우우우 한숨을 쉰다. 불빛이
비쳐드는 것이 싫어 손등으로 눈을 가린다. 생각 안으로 순간 이
동한다.

3년이 될 무렵 남편은 6인실에 있었다. 평생을 병원에 있어야
하는 남편에게 외로움은 큰 적이었다. 아내가 없는 동안 대화를
나눌 사람들이 필요하고 경제적인 이유도 있어서 6인실을 선택
했다. 6인실이다보니 여러 부류의 환자들과 그들의 가족·친지
들을 만날 수 있었다. 그 중에서 고진영이란 환자는 특이한 환자
였다. 고진영은 고속도로 추돌 사고로 몸이 많이 상한 40대 중환
자였는데 왼쪽 다리가 없었다. 사고로 허벅지 이하를 절단한 것
이었다.

"여보, 왼쪽 다리가 아파 죽겠어. 아욱 아파. 어떻게 좀 해줘.
여 여보 ……"

"당신은 왼쪽 다리가 없는데 왜 아프다고 그래. 아플 다리가
있어야 아프지. 봐! 없잖아."

"그래도 아파 죽겠어. 아유 아파. 의사 선생님 좀 불러 줘. 어
서."

"이이가 이제 정신 이상까지 생겼네. 없는 다리가 왜 아파.
정신 좀 차려."

"아유유 견딜 수 없이 아프다니까. 어서 의사 선생님 좀 불
러. 어서!"

"왜 소리는 지르고 그래. 내가 미쳐. 한다 한다 하니까 별 미
친 행동을 다 한다니까."

옥신각신 싸우는 소리에 병실 식구들의 시선이 집중되었다.

"거 장난은 아닌 것 같으니까 의사 선생님 좀 모셔와요."

환지통(幻肢痛) 환자였다. 비록 다리를 잘라 없었지만 다리를
갖고 있다고 믿는 뇌로 인해 일어나는 통증의 지각이 문제였다.
육체의 통증이란 본래 갖고 있는 건강한 육체로 복원하려는 호
소라고 그녀는 믿었다. 그는 자신의 다리가 없다고 믿고 싶지 않
았고, 그의 뇌는 건강한 다리를 갖고 싶은 그에게 통증으로 알리
는 듯 했다. 없는 것에 대한 염원을 더 큰 것일까? 그의 다리에
대한 통증의 호소는 옆에서 보고 있기가 안타까울 정도로 심했
다. 그녀는 없는 다리 때문에 저렇게 통증에 시달리다니 하다가
자신을 보았다. 자신의 내부에서 일어나는 통증을 보았다.

지친 하루의 뒤끝이 허망했다. 남편과 아이들을 위해 잘 짜여
진 일상의 구도는 그녀가 없으면 무너질 만큼 그녀를 필요로 했
고, 그녀 또한 그 역할을 잘 해내고 있었지만 허전함을 메울 수
가 없었다. 집으로 돌아와 빈 침대에 몸을 뉠 때마다 걷잡을 수
없이 허전해졌다. 고단한 하루도 일상으로 굳어지면 육체와 정신

이 적응하는 법이었다. 차라리 하루 하루가 바쁘게 돌아가는 것이 좋다고 생각한 적이 많았다. 침대로 돌아오면 어떤 생각을 할 틈도 없이 골아 떨어지기 일쑤였는데 잠이 오질 않는 것이었다. 일시적 불면증이려니 생각했는데 증세가 사라지지를 않았다. 밤에 잠을 못 자니 낮에는 깜박깜박 졸음이 오거나 멍한 상태가 되었다. 잠이 들면 잡동사니 꿈들이 끝없이 꾸어졌다. 남편이 교통사고가 났다고 놀라는 꿈, 아이들이 보이지 않아 헤매는 꿈, 병원으로 가다 미로에 갇히는 꿈, 남편인 것 같기도 하고 아닌 것 같기도 한 남자에게 안겨 있는 꿈 등 헤아리기 어려웠다. 선명하게 기억하는 꿈은 별로 없고 얼키고 설켜 헤아리기 어려운 꿈이 대부분이었다.

처음에 이유를 찾아보려 했지만 알 수가 없었다. 한국 여자로 태어나 한 남자와 결혼하여 산다는 것은 어차피 희생을 요구하는 삶이었다. 주부가 희생하면 할수록 남편은 더 편해지고 아이들은 더 잘 자라는 문화니까. 그런 여자의 삶일수록 가치 있는 삶으로 평가받으니까. 남편이 성장애인이 되었다고 해서 다른 아내들과 크게 다르다는 생각을 하지 않았다. 남편의 일을 위해, 아이들의 성장을 위해 가사와 육아는 기본이고, 돈을 벌기 위해 맞벌이를 하는 여자들이 주변에 무수히 많았다. 그들을 생각하면 나와 무엇이 다른가? 그녀들이 직장에 나가 돈을 벌어 가정 경제를 해결한다면 나는 간병인을 사지 않고 소중한 남편을 돌보며 경제를 해결하지 않는가. 비록 남편이 장애인이지만 돈도 벌어오지 않으면서 노름과 같은 방탕한 생활을 일삼는 정신적 장애인인 남편 때문에 휘어진 활에 겨냥된 화살처럼 불편한 긴장을 견디며 사는 여자보다 나은 삶이 아닌가. 그들이 부부간 잠자리를 얼마나 할 것이며, 그 희열이 얼마나 클 것인가? 어쩌다 듣게 되면 일년에 한두 번 잠자리가 있을까 말까이고, 그 일도 지겨워 피한다는 말을 듣게 되는데. 혼자 아이들을 키우기 위해 막노동, 식당일 가리지 않으며 악다구니를 품고 사는 여자들에 비하면 얼마나 나는 고상한 삶을 사는가. 남편의 사고로 마음 고생하지 않고 평생 살 수 있는 돈도 생겼는데. 또한 심심찮게 들려오는 열부났다는 칭찬까지 듣는데.

그러나 환지통 환자를 보면서 자신이 잠을 자지 못하는 것은 분명 이유가 있다고 확신했다. 전에 있었던 다리가 현재도 있다고 믿는 저 사람처럼 나의 무엇인가가 있어야 할 것을 요구한다는 것을 알았다. 그러나 그것이 무엇인지 정말 알 수가 없었다. 불면증은 더 심각해졌다. 술을 마셔도 수면제를 먹어도 일시적 방편일 뿐이었다. 몸이 갈수록 수척해지고 퀭한 눈은 충혈되었다. 내가 무너지면 안 되는데. 내가 건강을 잃으면 큰일나는데. 후둘거리는 다리로 일상을 유지하면서 마음은 걷잡을 수 없는 걱정 안에 갇히게 되었다. 이제 몸져 누울 날이 얼마 남지 않았다는 것을 알면서 언제부터 이런 증세가 왔나 되짚어 보았다. 오랜만에 작은 어머니가 병문안을 와서 시어머니 소식을 전한 그날 밤부터였다.

"야야, 시상에 민구시러워 내사 말을 몬 하겠다."

"작은 어머님 무슨 일 있으세요?"

"느이 시에미 말이다. 참말로 너무한데이."

"어머님이 또 무슨 말씀을 하셨게요?"

"느이 시에미가 너 헐뜯는 거 이제 우리들 아무도 안 믿는다. 그게 앙이고 내사 이런 일을 우찌 말할꼬."

"저 병원에서 사람 죽고 사는 거 많이 보았어요. 어떤 일이 이보다 큰 일이 있겠어요. 웬만해서 놀라지 않아요."

"하이고, 민구시러워. 느이 시에미 땜에 우리는 고개를 몬 들고 다니겠데이."

"무슨 일인데요."

"느이 시에미가 남편 잃은 지 얼마나 됐다꼬 나이도 훨씬 어린 남자를 데불고 산다. 그거 또 버젓이 집안으로 끌여 들여서. 우리 집안 챙피시러워 어디 가서 행세도 몬 한다 아니가."

"어머님이 행복한 길을 선택하신 거겠죠. 어머님 연세보다 많이 젊어 보이시잖아요."

"젊은 니는 수절하고 있는데, 육십이 다 된 노인이 노망난 거지. 그기 정상이가."

"짧디 짧은 인생, 어쩌다 보면 사고로 목숨이 왔다갔다하는 인생인데 어머님이 좋으셔서 선택하셨다면 저는 불만 없어요."

"야야, 니는 시상 욕심 다 버리고 사는 사람인갑다. 우찌 그기 인정할 일이까?"

"어머님이 좋아하는 분을 선택하기 위해 잃은 것도 있잖아요. 스스로 대가를 지불하는 선택이라면 어머님이 짊어져야 할 짐이 무거우실 텐데 그 속마음을 알 지 못하면서 함부로 욕할 수는 없잖아요. 다 그 상황이 되어 봐야 아는 일인걸요."

"느이 시에미가 무에 잃었당가. 수치나 아는가 몰라."

"아버님 돌아가신 지 몇 달도 안 돼 다른 분을 집안에 데려

와 사신다면 어느 자식이 따스한 시선을 보내겠어요. 어느 친척
들이 인정을 하겠어요. 동네의 따가운 시선을 다 받으면서 남은
여생 사셔야 하는데 그게 쉬운 일인가요. 어머님이 아무리 신중
하시지 못하셔도 누군가의 사랑을 받을 만한 분인 건데 그 분이
라고 그런 눈치 모르겠어요. 밖에서 남들 모르게 만나셔도 되는
데 안으로까지 들이신 걸 보면 함께 오래 살 확신도 있으신가
본데. 인생 사시면서 다른 거 다 잃어도 그 분을 건지시고 싶으
신 거겠죠. 차라리 저는 축복을 드리는 쪽이에요."

"젊은 니는 속도 깊다. 내는 용납 안 된다. 친척어른들 모여
서 느이 시에미 집안에서 내치기로 했다카드라. 니도 그런 줄 알
그라."

"그것 보셔요. 어머님이 많은 걸 잃으셨잖아요. 결혼하셔서
닦아 놓은 터전을 송두리째 잃으신 거네요."

"느이 시에미는 그 사람 어디가 그리 좋을까. 그 사람 말이
다. 아주 근본도 없는 갑더라. 거처도 없이 떠돌던 사람이라던데.
재산이고 뭐고 하나도 없다카드라."

"사람들 다 눈높이에 맞춰 사랑하는 거잖아요. 어머님 나이가
많으신 대신에 집 칸이라도 있으시고 열정적이니까 매력이 있으
셨겠지요. 그 분은 그 분 나름으로 장점이 있으실테구요."

"하기사 뭐한 말이다만은 남자 풍채는 좋더라. 동네 사람 보
거나 말거나 둘이 붙어서 떨어질 줄을 모른다꼬 소문이 짜하게
낫다. 하늘 무신 줄을 모르는기라. 젊은 니는 수절하고 있는디
어찌 늙은 것이."

작은 어머님이 집안에서 쉬쉬하는 일을 말하고 싶어서 병문

안을 핑계삼아 오신 것을 그녀는 알고 있었다. 한참을 더 화제로
올리며 말의 성찬을 즐겼으므로. 유명 연예인의 가십거리를 입담
에 올리며 즐기는 폼새였으므로.

그녀는 작은 어머님을 배웅하고 병실로 오는 동안 시어머니
생각을 했다. 그녀와의 갈등 이후 시어머니는 병원에 거의 오시
지 않았다. 시어머니가 어떤 남자를 데려와 살 건 관심이 없었
다. 자신과 삶의 지향점이 너무나 달랐으므로 이해가 잘 안 되는
부분이 많았다. 다만 자신의 삶처럼 시어머니의 삶을 인정하였
다. 주어진 대로 열심히 사는 거라고. 성격탓이던 능력탓이던 나
아가 운명이든. 병실문을 닫으며 시어머니 일은 잊어 버렸다. 바
쁘게 주욱 늘어선 일상의 일들을 걷어내야 했으므로.

견디다 못 해 병원에 갔다. 의사로부터 근본적인 해결책을 찾
기는 어려웠다. 몸이나 마음이 요구하는 것이 성(性)이 아닐까하
는 막연한 판단을 명확하게 언어화해 진단했을 뿐이었다. 강박이
니 억압이니 하면서 약을 먹을 수 있도록 배려했을 뿐이었다.

그러던 중 친구가 찾아왔다. 고등학교 동창이면서 대학 동문
인 친구와는 격의가 없는 사이었다. 노처녀 추상화가인 친구는
그녀와 살아가는 방식이 너무나 달랐다. 자유분방한 의식과 행동
의 표출로 세간의 화제가 되는 여자였다.

주변에 알리지 않고 산 속이나 바닷가, 농촌이나 외국으로 훌
쩍 떠나서 작업에 몰두하다가 돌아와서는 술과 남자와의 사랑
타령으로 소일하는 여자였다. 평범한 여자와 비교할 수 없을 만
큼 세련된 옷차림과 늘씬한 각선미와 유려한 화술은 남자들의
마음을 사로잡기에 충분해서 늘 남자들이 곁에 포진할 정도였다.

남자들은 신선한 가을 바람을 몰고 다니는 여신처럼 그녀의 말에 빨려 들고, 마음이 푸르고 맑아지는 느낌을 받게 된다는 공통된 평을 하였다. 남자들은 그녀의 사랑을 받기 위해 안달이 날 정도였다. 사랑하는 남자의 유형도 가지각색이어서 자신의 마음에 비쳐드는 남자가 있으면 노인이나 소년, 유부남이나 총각을 구분하지 않았다. 남자와의 사랑은 작품의 에너지이며, 모티브이고, 완성으로 가는 필연적 길목이라고 말하고 다녔다.

"내가 작품하느라고 프랑스에 한 육 개월 다녀온 사이에 너 마음 고생 많았구나."

친구는 어깨를 쓸어 안다, 두 볼을 쓰다듬다, 머리칼을 손으로 빗어 넘겨주며 가슴 아파했다. 불면증의 증세를 털어놓자 고개를 끄덕거리다 제안했다.

"너 잠깐 시간낼 수 있니? 나 여기서 아주 가까운 곳에서 지낸다. 작은 방 하나 얻어 놓고 내 방에 한 번 놀러 가자. 너랑 하고 싶은 이야기가 많아."

"나 시간 없어. 여기서 얘기해. 조금 있으면 해인이 아빠 병원에 데려다 줘야 하고, 아이들 식사도 준비해야 하고, 하여튼 많은 시간내기 힘들어. 여기서 얘기해."

"내가 토요일에 데리러 올께. 아이들이 어린것도 아니고. 식사 준비 해놓거나 아니면 시켜 먹게 하면 될 거고. 아빠랑 아이들이랑 같이 놀게 하면 돼. 아빠가 불편하면 아이들이 돕겠지. 그것도 필요한 거야. 토요일 세 시에 올께."

"안돼. 나 없으면 셋이 불편해 해."

"너 죽으면 셋이 얼마나 불편해지겠니?"

"……"

"너 이렇게 얼마 못 버틴다. 내 말 들어. 오랜만의 아내 부재에 네 신랑 신경쓸 테니 잘 안심시키고. 토요일 세 시에 병원 정문 앞으로 와. 알았지."

"잠깐만 얘 잠깐만 ……"

그녀 일상의 밧줄은 너무나 손발을 탄탄하게 묶고 있어서 오랜만의 외출을 어렵게 했다. 남편과 아이들이 외출을 허락했지만 마음이 편치 않았다. 자신이 없는 사이에 무슨 일이라도 벌어질 것만 같았다. 그들이 너무 불편할 것 같았다. 그러나, 친구가 몇 시간이고 병원 정문 앞에 기다리고 있을 고집 또한 알고 있어서 나가지 않을 수도 없었다. 금방 돌아올 생각으로 늘상 입는 면바지에 티셔츠 차림 그대로 나갔다.

그녀의 친구는 변두리로 차를 몰았다. 그녀는 차창 밖의 풍경에 매료되었다. 삼 년이 넘는 동안 풍경이 많이 달라진 것 같았다. 풍경이 많이 바뀐 것이 아니라 풍경을 바라보는 눈이 달라졌다는 생각을 했다. 무덤덤하게 바라보던 풍경들이 못 보던 사이에 생경스럽게 비쳐드는 듯 했다. 정신을 놓을 듯이 풍경을 보고 있는데 친구가 말을 걸어 왔다.

"연못에 갇힌 개구리가 가뭄이 들어 연못의 물이 다 마르면 어떻게 해야겠니?"

"얘가 지금 어린애 데리고 농담하니? 갑자기 무슨 연못 속 개구리 타령이야."

"바로 곁에 넘실거리는 호수가 있는데 보잘 것 없는 연못에서 타 죽어야 할까?"

"연못에서 타 죽는 게 소중한 일이라면 그렇게 하는 것이 좋겠지."

"그게 만약 가장 개구리라면 일단 호수까지 가서 살 궁리를 해야 하지 않을까?"

"가장 개구리? 애가 점점."

"호수에서 생기를 찾은 다음 식구들에게 필요한 물을 끌어오던가, 그도 아님 식구들을 등에 업고 호수로 가야겠지."

"풋, 말 되네."

친구는 다분히 비유가 섞이고 뼈가 섞인 말을 계속 진행했다. 그녀는 친구의 말에 빨려 들며 수긍과 부정을 하는 사이 한적한 모텔 앞에 이르자 차의 속도를 낮췄다.

"어머, 너 이 모텔에서 머무니?"

"성의 궁 같지 않니?"

"성의 궁? 말을 듣고 보니 궁전 스타일로 짓긴 지었구나."

입구부터 비밀을 밖에 드러내고 싶지 않다는 듯 넓적한 비닐발로 드리워져 있었다. 어두침침한 복도를 걸어 다닥다닥 붙어 있는 방 하나에 열쇠를 꽂았다.

"화구나 화집 같은 게 있을 줄 알았더니 아무 것도 없네."

"그런 거 사랑에 도움이 안돼. 방해물일 뿐야. 나 누군가와 사랑할 땐 내가 화가라든가, 누구의 자손이라든가, 어디 출신이라든가 하는 따위 다 잊어버려. 오로지 사랑하는 사람에게만 충실해."

"그럼 여기서 네가 선택한 사람하고 사는 거야."

"사는 건 아니야. 그 사람이 왔다가 사랑하고 돌아가."

"네가 지금 말하는 사랑이라는 거 섹스를 말하는 거야?"

"사랑과 섹스가 어떻게 다른데?"

"사랑과 섹스가 어떻게 다르냐고? 글쎄? 그렇게 물으니까 뭐라고 대답하기 어렵네. 나 머리가 그런 쪽에 안 돌아. 생각을 안하고 사니까."

"아는 대로 말해 봐."

"으응, 굳이 말하라고 한다면 사랑은 부모의 사랑처럼 정신적인 사랑이 있을 수 있고, 애인처럼 정신과 육체를 공유하는 사랑이 있을 수 있고, 술 마시고 여자 안는 남자처럼 육체적 사랑이 있을 수 있겠지. 섹스는 정신을 공유하는 섹스와 공유하지 않는 섹스가 있을 것 같은데. 결국 사랑은 정신만으로도 유지될 수 있지만 섹스는 육체를 꼭 필요로 하는 것이 차이라면 차이일까?"

"맞아, 간단한 차이는 사랑은 육체가 없어도 할 수 있지만 섹스는 육체가 없으면 할 수 없다는 거야. 혼자 자위행위를 해도 육체가 필요하지. 남녀간의 사랑은 섹스를 낳지. 사랑을 동반한 섹스는 신의 축복이야. 신은 남자와 여자가 만나 자손을 낳고, 자손을 이어가면서 영원히 살게 하셨어. 자식을 낳고, 기르고 사회에 진출시키는 거 고단한 일이잖아. 그런데 왜 자식을 섹스를 통해 낳게 했을까? 인간의 고상한 정신적 충족을 위해서라면 머리나 가슴이 열리면서 성적 교류를 하고 자식도 그로부터 탄생해야 하는 거 아닐까? 신은 인간에게 세상을 가꾸며 고생하는 상으로 섹스를 주신 거야. 섹스할 때처럼 세상만사 잊고 즐거울 수 있는 일이 어디에 있어. 어릴 때에도 섹스에 대한 관심이 표면으로 들어 나지 않아서 그렇지 다 안에 내재되어 있는 거야.

프로이드 이론이 대표지. 섹스는 신이 준 임무인 세계를 가꾸는 모든 일의 순수한 근원이며, 인간이 성숙한 기간 동안 누려야 할 권리야. 가식이나 굴레로 섹스를 버려서는 안 된다고 생각해."

"인간이 섹스에만 탐닉한다면 이 사회가 유지될 수 없잖아."

"당연히 인간에게는 의지와 판단력이 있어서 섹스에의 탐닉 중에 절제의 칼을 사용하지. 나도 내 마음이 가지 않으면 남자랑 섹스하지 않아. 섹스에 계속 탐닉하고 싶어도 작품을 위해 절제 해야 한다고 생각하면 칼로 무 베듯이 자르고 일어나. 사회가 섹 스로 인해 무너지지 않는 것은 섹스에의 집착과 같은 본능을 제 어할 수 있는 이성이 있기 때문이야. 그러나 이성만 존중하고 본 능을 죽이는 삶도 반쪽의 생밖에 못 누리는 삶이고, 결국 장애인 의 삶이야."

"네 얘기대로라면 수녀와 신부, 스님은 모두 장애인의 삶을 사는 거네. 왠지 불편한 이론이다 수긍이 잘 가지 않는."

"네가 본능보다 이성을 중시하는 교육을 받아왔고, 그런 관념 을 실행하는 삶을 살기 때문에 내 말이 불편할 거야. 수녀, 신부, 스님들은 장애인의 길을 선택하여 장애를 가진 사람들을 구원하 려는 분들이기에 장애인은 장애인이지만 가치를 선택한 장애인 이라고 할 수 있겠지."

"장애를 선택해 장애를 구원하려고 한다고?"

"그건 그렇고, 대부분의 동물은 수컷만 성의 절정감을 느끼고 암컷은 못 느낀다는 연구가 나왔어. 본능만 있는 암컷이 성의 쾌 락을 안다면 자식을 낳거나 기르는데 충실하지 않고, 섹스를 즐 기기 위해 동분서주하게 될 거야. 그러면 자연의 질서가 무너지

지. 그러나 인간은 달라. 신은 여자에게도 성의 쾌락을 선사하셨
어. 신은 남자나 여자에게 성에 대한 동등한 권리를 주신 거야.
여자도 성을 누릴 줄 알아야 해. 자 이리와 봐."

창문을 열어 젖혔다. 친구가 가리키는 곳에는 자가용들이 즐
비하게 늘어 서 있었다.

"들어올 때만 해도 몇 대 안되었는데 주차장이 꽉 찼네."

"이들이 여기에 오는 이유는 섹스를 즐기기 위해서야."

"이렇게 숨어서 섹스해야 한다면 거의 다 불륜일 거야."

"섹스에 불륜과 불륜 아닌 것이 어디 있어. 불륜은 도덕적 잣
대로 섹스 이후의 것이야."

"어머 저기 차에서 내리는 남자는 오십대는 된 것 같은데 여
자는 이십대야. 저게 불륜관계지 뭐."

"섹스는 도덕 관념과 같은 이성으로 판단하는 영역의 하위
영역이 아니라 동등한 영역이야. 오십대 이십대로 또는 불륜인가
아닌가로 판단하는 이성이 섹스를 하는 것이 아니잖아. 이제 섹
스를 이성의 영역에서 분리 독립시킬 필요가 있어. 그렇지 않는
이상 한국 사회에 이런 러브호텔이 사라지지 않을 뿐 아니라 네
가 말하는 비정상적인 섹스가 난무하게 될 거야."

"그럼 정상적인 섹스를 누리기 위해서 어떻게 해야된다고 생
각하니?"

"정상이다 아니다를 결정하는 것은 문화야. 섹스에 대한 의식
을 바꿔 축복을 누릴 수 있는 문화를 형성해야지."

"부부들이 그런 축복을 누리잖아."

"현재 한국 사회에서는 부부들이 누리는 섹스만이 정상인 문

화야. 그것도 법적 부부만이 정상적으로 섹스할 권리가 있어. 그런데, 21세기의 초입인 지금만 봐도 너무나 그렇지 않아. 결혼하지 않은 청춘남녀의 섹스나 외도라고 불리는 섹스가 부부의 섹스 못지 않게 행해지고 있어. 심지어는 경원시하는 레즈비언이나 호모의 섹스까지. 그들은 죄의식을 가지고 신의 축복된 행사를 치르지. 잘못된 거야. 절제를 동반하되 사랑하는 사람이 누리는 섹스는 인정해야 돼. 그게 세상을 지키는 힘으로 사용되는 한."

"그렇다면 현재 그들이 갖는 죄의식을 사라지게 하는 것이 가장 문제일 것 같은데."

"앞으로는 결혼하지 않고 성생활만 누리는 사람들이 많을 거야. 심지어는 축첩이나 남편을 여럿 거느린 축부도 많이 나올 거야. 이런 세상에서 도덕이나 사회 심리로 사람을 묶어 놓으면 희생자가 나오게 돼. 바로 너 같은."

"내가 왜 희생자야."

"희생자지. 암 희생자고 말고. 난 네가 희생자로 남는 것이 친구로서 정말 싫어."

"신부나 스님들이 섹스 없이 신에 봉사하는 길을 선택했듯이 나도 내 길을 선택해 가고 있을 뿐 나는 희생자가 아니야."

"물론 섹스보다 가치 있는 것을 갖기 위해 섹스를 버리는 일 얼마든지 있을 수 있어. 그런데 자신이 희생의 제물로 바쳐지는 줄도 모르고 희생하는 것이 문제인 거야. 너에게 가장 큰 문제는 섹스를 네가 필요로 하는데 네가 그것을 거부하며 죽어가고 있다는 거야. 없어도 필요한 줄 모르거나 크게 불편하지 않다면 그것은 병이라고 할 수 없어. 섹스 없이 신부나 스님으로 또는 노처녀나 노총각으로 살 수 있다면 그것은 문제가 안돼. 그러나 작은 불편을 지나쳐서 통증으로 온다면 병인 거야. 그것을 치료하지 않으면 더 큰 것을 잃게 되어 있어."

"내가 섹스가 필요하다구? 섹스를 못해서 병이 난 거라구? 너 지금 나에게 무슨 말을 하는 거야?"

"흥분하지마. 너는 아직도 본능의 요구를 이성의 억압 아래 두고 함부로 평가하는 거야. 네가 무엇이 부족해서 그렇게 마른 지푸라기처럼 버석거리며 말라가니? 자식이 속 썩이는 것도 아니고, 생활에 필요한 물품이 없는 것도 아니고, 정신의 포만을 못 누리는 것도 아니고. 없는 것에 대한 열망이 커지고 그를 채우지 못하니까 깊은 병이 드는 거지. 네 스스로 착하고 정결한 여인이어야 한다는 이성적 사고가 본능의 부름을 누르고 누르니까 네 몸이 반란을 일으키는 거지. 네 몸이 너에게 호소하는 것이 무엇인지 몸의 소리를 들어봐. 그것만이 네 병을 고칠 수 있어."

"아무리 내 몸이 섹스를 필요로 하는 병에 걸렸다고 해도 나는 남편을 두고 다른 사람과 섹스할 수 없어."

"네가 반신불수가 되어 남편의 요구를 들어주지 못한다고 했을 때 너는 남편에게 수절하라고 하겠니?"

"아니 남편이 곁에 있어 주는 것만으로도 고맙지. 어떻게 수절하라고 하겠어."

"남편이 섹스를 하지 않으면 시름시름 앓다가 죽어가는 것도 아닌데도 묵계적으로 남자의 섹스는 허용되는 것이 우리 사회야. 잘못되었다고 생각되지 않니?"

"그야 남자의 생리와 여자의 생리는 다르다잖아. 남자는 충동 적이고 발사형이고, 여자는 수동적이고 수용형이잖아."

"그런 요소를 갖고 있다 해도 남자나 여자는 똑같이 섹스의 욕구를 가지고 있어. 섹스에 대한 존중과 혜택을 남녀 평등하게 가르쳤다면 그런 소리 할 수 없어. 맛있는 음식이 남자에게나 여 자에게나 맛이 있듯이 섹스의 즐거움도 남자나 여자나 마찬가지 야. 남자가 충동적이라면 충동을 억제하는 자제를 가르치면 되 고, 여자가 수동적이라면 적극적으로 쾌락을 즐길 줄 알게 가르 치는 문화를 형성하면 된다고 생각해. 선택과 책임의 문제지. 인 간은 섹스를 선택하고 그에 따른 책임을 질만큼 생각하고 행동 할 줄 아는 개체야. 지금까지 섹스의 문을 남자에게는 넓게 열어 놓았고, 여자에게는 좁게 열어 놓았던 거야. 문제는 섹스의 문화 가 권력을 잡은 남자들에 의해 형성되었다는 거야. 조선 시대에 는 옷깃을 잡혔다고 해서 순결을 더럽혔다고 자결을 하거나 어 머니가 순결을 잃은 딸을 우물에 밀어 넣어 죽이기도 했어. 실제 기록에 남아 있는 이야기야. 그 사회에서는 그것이 가치 있는 일 이었어. 지금 그들을 평가한다면 자결한 여자는 우매한 정신질환 자고, 어머니는 모성을 잃은 잔인한 여자라고 할거야. 시대에 따 라 문화가 변하고 인간은 문화의 틀 안에서 문화를 자신의 가치 관으로 믿으며 사는 거야. 지금은 섹스의 방법도 가치도 변했어. 아무하고나 섹스하며 세상의 발전을 저해하자는 것이 아니야. 다 만 어떤 상황에서 섹스가 필요하다면 이성의 판단으로 선택하고 책임져야 한다는 거지. 단 섹스할 땐 이성의 판단을 버리고 본능 으로만 즐겨야 하고. 네가 섹스의 상대를 선택해 섹스를 즐긴다면 이성의 영역 안에서 생활할 때 죄의식도 들고 불편하기도 할 거야. 그러나 병이 깊은 본능의 문을 억지로 잠그며 죽어가는 것보다는 더 나은 선택일 거야. 네가 없으면 무너지고 상처 입을 가족을 생각한다면."

그 후 더 많은 이야기를 거의 일방적으로 듣고 있을 때 노크 소리가 났다.

"누구?"

"접니다. 창남이요."

친구가 문을 열어 주자 깔끔한 얼굴의 20대 초반 남자가 인사를 꾸벅하고 들어왔다.

"인사해라. 이쪽은 내 친구. 이쪽은 창남이."

"이름이 창남이세요?"

"가명입니다. 한편 직업이기도 하구요."

"직업요?"

"네!"

남자는 자신 있게 깨끗한 웃음을 지으며 장난기가 어린 목소리로 대답했다.

"내가 오라고 했어. 모델이고 미대생이야. 재능은 있지만 집안은 가난한 아이야. 모델료만으로는 학비와 생활비가 안돼 신분이 확실한 사람에게는 몸을 팔기도 해. 물론 확실한 직업관을 가지고 있어. 포르노 배우 같은. 생활비를 위해 그만한 수고는 당연하다고 생각하고 자신의 일에 충실해. 믿을 만해. 너에게 필요한 아이야. 지금은 내 애인이지만 나는 조만간 작품하러 아프리카에 들어가야 해. 이번엔 오래 걸릴 거야."

친구의 만류를 뿌리치고 방문을 황황히 나섰다.

며칠 후 작별인사를 하러 왔다며 친구는 창남의 명함을 놓고 갔다.

그녀는 그 후 말라가고 있던 사고의 뿌리를 세워 생각하고 생각했다. 건강을 위한다고 해도 창남과 섹스를 한다는 것이 더럽고 추하다는 생각을 떨쳐 버릴 수가 없었다. 그녀가 갖고 있는 섹스에 대한 문화는 단단해서 쉽게 깨뜨려지지 않았다. 그러나 건강과 건강하지 못함의 아슬아슬한 경계에 죽음이 도달했을 때 그녀는 선택의 여지가 없다는 것을 알았다. 건강하지 못함은 곧 장애이고, 장애가 생활에 얼마나 끔찍하고 무서운 암초인지 너무나 잘 아는 그녀였기 때문이었다.

그렇게 서서히 그녀의 섹스에 대한 문화 의식이 바뀌어 가고 있었다. 섹스를 하지 않는 것이 과연 어떤 가치가 있는가, 죽음과 바꿀 수 있는 가치가 있는가 생각하였다. 지금 내게 필요한 것은 섹스보다 중요한 남편을 돌보고, 아이들이 환하고 밝게 살아갈 수 있도록 돕는 일이 아닐까. 섹스를 하고 건강해 진다면 그리하여 남편과 아이들을 더 잘 돌볼 수 있다면 섹스가 치료약 이상 이하의 것이 아닐 수 있다는 생각이 들었다.

죽음이 문 앞에 어른거린 날, 그녀가 쓰러진 날 엉금엉금 무릎으로 기어서 덜덜 떨리는 손으로 다이얼을 눌렀다.

"여, 여보세요. 창남씨죠? 나는 ……"

그녀는 손을 눈 위에서 뗀다. 세수는 하고 자야할 것 같다고 생각하며 침대에서 일어난다. 아이들 방문을 열고 얼굴을 들여다

본다. 부드러운 볼을 한 번씩 쥐었다 놓는다. 묵지근하게 차오르
는 기쁨을 누를 길 없다.

노처녀의 청혼서

노처녀의 청혼서

상처남 M과장은 E-mail 중에 '노처녀의 청혼서'란 제목을 본다. 실없는 장난인가 싶어 지워버리려다가 바쁜 일을 마친 엷은 만족감과 나른함으로 같이 장난을 쳐보자는 심정이 되어 파일을 연다. 상처한 지 삼 년쯤 되다보니 장난기 많은 친구놈들이 가끔 가벼운 발상으로 제목을 지어 보내곤 했으니까.

<씨앗을 품지 못한 채 농익어 버린 과일이 땅에 떨어져 버려질 것 같아 글을 보냅니다. 씨앗을 품지 못한 채 농익어 버린 과일이 제 사랑 같아 글을 보냅니다. 원문 그대로 보냅니다. 이 글은 저의 청혼서입니다.>

첨부된 파일이 한 개 있다. 상당한 양의 글이다. 불편한 마음이 깔리지만 호기심이 인다. 누가 나에게 이런 글을 보낸 걸까

하며 주변 여자들을 떠올린다. 노처녀로 압축해 보니 회사내의 L
양, N양, K양과 거래 관계로 만났던 몇 여자와 동창생들이 몇
명 있다. 나도 꽤 여러 여자 아는군 하며 피식 웃는다. 누군지
궁금하다. 장난기가 가시질 않는다. 파일을 연다.

<날짜는 큰 위력을 지니고 있어서 생각의 틀을 결정짓게 하
는 요소가 된다. 1월이면 겨울이라 춥겠구나 8월이면 여름이라
덥겠구나 등과 같은 자신의 경험들이 먼저 달라붙어 생각을 흐
려 놓는다. 몇 년을 붙이면 그 때 어떤 사건들이 있었는데 하며
써 놓은 글들의 맥락 속으로 자기의 경험을 끌고 들어와 순수하
게 해석하지 않는다. 그래서 이 글은 일기도 아니지만 날짜를 쓰
지 않고 한 남자에 대한 나의 감정을 제목을 붙여 솔직히 고백
해 쓰려 한다. 누군가에게 털어놓지 않으면 견딜 수 없을 때마다
나는 쓸 것이다.>

M과장은 첫 페이지를 열어 읽으면서 참 사설이 긴 여자군
한다. 날짜가 쓰이거나 안 쓰이거나 무슨 상관이라고 별 걸 다
신경쓰네 머리깨나 아픈 여자겠는 걸 한다.

날짜 대신 소제목이 있군. 날짜의 자리에 소제목을 있다는 건
상대의 경험을 토대로 글을 감상하라는 뜻일까 하다가 내가 왜
이러나 청혼서란 말에 맞선 자리처럼 글을 여자인 양 자세히 관
찰하나 쓴 입맛을 다시며 눈길을 모은다.

장례식

"M과장님 사모님께서 교통사고로 돌아가셨습니다. 친정에 다녀오시다 어젯밤에 사고가 났답니다. M과장님은 대학 병원 영안실에 계시고 발인은 내일입니다. 시간이 허락하는 대로 문상 다녀오세요."

아침 모임 내내 두 손으로 무릎을 꼭 쥐어도 부들부들 떨렸다. 여자로서 가장 탐나던 자리를 차지하고 앉았던 그녀가 죽은 것이었다. 처음에는 둔부를 아니 온몸을 강타당한 느낌으로 멍했다. 환청 같았다. 다음에는 손발은 나른해지는데 심장의 박동은 제어하지 못할 만큼 벌떡벌떡 뛰었다. 그리고는 휘익 불어오는 강한 열바람처럼 희망의 속삭임이 전신을 훑었다. 뒤이어 그녀가 사라지기를 바랐던 죄책감과 한 인간의 죽음이 희망의 시작임을 자각하는 자신이 부끄러웠다. 혼란스러운 감정의 뒤범벅 속에서 정신을 차리려고 잇몸을 물었다. 피가 목구멍을 타고 흘렀다. 아침 모임은 모질게 길었다.

홈쇼핑 방송 안내 서비스를 지속할 수 없을 만큼 몸살이 왔다. 입사 후에 단 한 번의 지각과 조퇴가 없던 나는 버틸 수 있는 만큼 버티다 전화 받는 목소리를 낼 수 없게 되자 조퇴를 했다. 편도선이 부어 목소리가 갈라지고 탁해지더니 급기야는 목소리를 낼 수 없게 되어 버린 것이었다.

병원약을 겨우 삼키고 이불을 겹쳐 덮고 누웠다. 발가락뼈, 손가락뼈, 무릎뼈, 허리, 어깨, 머리까지 온통 쑤시고 아팠다. 드릴로 긁는 것 같은 치통도 함께 왔다. 잠을 잘 수가 없었다. 육체의 통증 때문에 잠을 자지 못하는 것이 아니라 M에 대한 갈망 때문이었다.

M이 우리 부서인 판매과장으로 오는 날 아침에 나는 M을 복도에서 보았다. 흐린 날씨였으므로 불을 밝히지 않은 복도는 약한 회색톤이었는데, 한 남자가 계단에서 불쑥 솟아 나오듯이 복도 끝에서 걸어오고 있었다. M의 모습은 가슴에 인화된 사진처럼 잊히지 않는 한 남자의 모습과 흡사해서 나는 전기 감전을 당한 듯 놀랐다. 내가 발걸음을 멈추고 움직이지 못하고 있을 때 M은 흘깃 나를 쳐다보고 지나쳤다. 멀리서 바라볼 때 흡사한 느낌은 가까이 다가왔을 때 더욱 또렷했다. M은 내가 사랑한 사람과 너무나 닮아 있었다.

내 사랑이었던 명후씨의 하나뿐인 남동생이 M이었다. 그 날부터 M의 일거수일투족에 사로잡혀 눈길을 거두지 못하던 나는 명후와 M이 닮은 이유를 M의 설명으로 알 수 있었다. 3차였던 술집에서 거나하게 술에 취한 그가 복제 인간에 대한 찬반 논란이 일게 되었을 때 형 이야기를 한 것이었다.

"똑같다는 거 축복 아닙니다. 속은 다른데 겉은 똑같다는 거 정말 축복 아닙니다. 내 형과 나는 너무나 똑같았어요. 염기 배열이 거의 같았겠지요. 사람들은 쌍둥이도 아니면서 어쩌면 이렇게 똑같냐고 했어요. 그런데 겉만 같았지 속은 같지 않았죠. 형은 착하고 공부도 잘하고 정도 많았는데, 나는 착하지도 않고 공부도 보통이고 매정한 구석도 많았으니까. 잘나가던 형을 속으로 미워하며 죽기도 많이 바랐는데, 정말 형이 죽은 겁니다. 계곡에 놀러 갔다가 급류에 휩쓸린 아이를 구하려다 함께 죽었어요. 미

치겠대요. 꼭 내가 죽기를 바라서 죽은 것처럼 느껴져 죄책감 때
문에 미치겠대요. 시간이 지나면서 이젠 형이 사라진 것이 홀가
분하다는 생각을 합니다. 형을 늘 시기하고 살 때는 죄책감에 시
달렸는데, 지금은 누군가와 비교되지 않고 내 나름대로 사니 참
좋다는 생각이 드는 거죠. 똑같은 거 정말 끔찍하다는 생각 전에
많이 했어요. 복제 인간 절대 안됩니다. 절대 안돼요."

　　M의 말을 무표정한 얼굴로 들으며 놀라지 않았다. 명후씨와
M이 형제일 것이라는 막연한 생각이 있었고, 그들이 깊은 인연
의 줄기 안에 있었으리라는 걸 내 마음이 미리 알고 있었기 때
문이었다. 어느 날부터인가 나는 명후씨와 M과 내가 한 인연의
나무에서 뻗어 나간 줄기라는 것을 믿고 있었다. 그 믿음이 무엇
으로부터 생겼는가는 알 길이 없었지만 어느 날 그렇다고 생각
한 날부터 신념처럼 굳히고 있었다. 무의식이 알고 있는 것을 의
식이 받아들여 신념화한 것이었다. 무의식이 밀어올려준 생각의
일관성, 신념은 구체화된 사물 같아서 쉽게 그 형체를 지울 수가
없는 것이었다. 명후씨와 M 그리고 내가 하나라는 신념은 이제
바위나 깃발과 같은 형체를 지닌 사물처럼 인식되는 것이었다.
바위의 모양이나 깃발의 형태가 머리 속에 각인되어 바위나 깃
발을 떠올리면 그 모양과 형태가 생각나듯이 명후씨와 M과 내
가 하나로부터 파생되었다는 생각을 생각 밖으로 내몰 수 없었
다. M이 명후씨와 형제가 아닌 그 보다 더한 인연의 옷을 입었
었다고 말했어도 놀라지 않았을 것이었다.

　　다만 M으로부터 명후씨가 형이었다는 말을 듣자 나는 명후라
는 이름만으로도 명후씨에 대한 사랑과 그리움에 몸과 마음이

홍건히 적셔졌다. 그 당시 나는 명후씨와 M을 동시에 사랑하고 있었다.

명후씨가 살아서 돌아온 것이 아닐까라는 의문은 M의 언행을 보며 명후씨가 아니라는 것을 하루도 지나지 않아 알 수 있었다. 그의 약력과 말씨와 태도는 명후씨와 너무나 차이가 났다. 온화하고 부드러우며 자상한 지성인이 명후씨라면, 격정적이고 날카롭고 박력 있는 행동인으로 야성이 강한 것이 M이었다. 명후씨가 평온한 숲 속의 끊임없이 흐르는 샘물 같다면, M은 드넓은 들판을 울음 놓으며 달리는 야생마 같았다. 나는 모습은 같으면서도 성격은 상반적인 명후씨와 M을 한 사람처럼 사랑하고 있었다. M의 말을 들으면 명후씨의 기억들이 와서 겹쳐졌고, M이 행동하면 명후씨의 행동들이 떠올라 그 둘이 합체되었다. 그러나 M의 말은 주문처럼 명후씨와 나만의 인연을 떠올리게 만들었다.

명후씨와 커플링 반지를 주고받은 그 해 여름, 명후씨와 나는 지리산 뱀사골에 있었다. 우리들 첫 밤의 새벽에 물이 텐트로 들이닥쳤다. 나를 깨워 옷을 입으라고 해놓고 나간 명후씨가 돌아오지 않았다. 밖이 소란한 것 같아 내가 나갔을 때 명후씨는 이미 사라지고 없었다. 아이를 구하려다 물 속으로 휩쓸려 들어갔다는 믿기지 않는 주변 사람들의 말이 명후씨가 남긴 유일한 흔적이었다. 끈질긴 빗소리를 들으며 새벽이 되도록 나를 처음 보듬던 명후씨가 사라졌다는 걸 나는 믿지 않았다.

임신진단테스트기에 소변을 몇 방울 떨어뜨리고 기다리는 동안 나는 아기 갖기를 빌었다. 임신이었다. 눈물이 나도록 고맙고 기뻤다. 명후씨를 잊고 살 수는 없었다. 명후씨가 돌아오지 않는다 해도 분신을 키우며 살 생각이었다.

그러나 내 생각은 여린 순이었다. 세상의 거친 바람을 이겨낼 수 없었다. 그때까지 나는 집에서 주는 학비로 대학을 다니고 있었고, 철마다 사주는 메이커 붙은 옷을 걸치고 다녔으며, 아끼지 않아도 좋을 용돈을 받고 있던 터라 생활고를 몰랐다. 집에 상황을 알리는 것은 극성스런 엄마의 손에 당장 병원으로 끌려갈 일이어서 휴학계를 냈다. 등록금으로 거처할 방을 얻었다. 집에 알려질 것이 두려워 얼굴이 알려지지 않을 전화교환원에 취직했다.

배가 불러오면서 알았다. 미혼모를 부드럽게 용납하지 않는 사회와 생활을 꾸려갈 돈이 없다는 것을 뼈저리게 느끼기 시작했다. 부모의 품안에서 싱싱하던 나란 초목은 시들어 갔다. 희망도 없어 보였다. 사랑하는 아기를 이 축복하지 않는 사회 안에 내놓는 것이 과연 옳은 것인가에 대해 회의가 들었다. 아이를 기르기 위해서는 돈이 필요했다. 그러나, 나는 돈을 벌 수 있는 능력이 부족하였다.

감성의 촉각만 발달해 사색이 깊고 글솜씨로 고교 시절 상을 몇 번 받았던 재능밖에는 없는 내가 돈을 많이 번다는 것은 가망 없는 일처럼 보였다. 나의 감수성은 세파를 이기는 힘이 되기보다는 돈이 될 리도 없는 생각에 젖어 정신이 흔들리거나 대가 없이 육체를 힘들게 만들었다. 어린 아기를 어디다 맡기고 돈을 벌러 다닐 것인가? 예쁜 옷 하나 제대로 사 입힐 수 있을까? 과외비는 고사하고 제대로 학원이나 다니게 할 수 있을까? 아빠를 찾는 아기에게 무엇이라 말할 수 있을까? 능력 없이 아이를 낳는 일이 죄 중에 가장 큰 죄일 수 있다는 사실에 나는 절망하였다.

　아이에 대한 사랑이 참된 사랑이 아니라 아이를 가지려는 소유의 욕망일 뿐이라는 생각을 곱씹고 있을 때 엄마가 날 찾아냈다.
　아이를 세상에 내놓고 험한 욕을 당하게 하는 것이 사랑이란 이름으로 할 일이 아니라는 결론을 내려 육 개월된 임신의 몸으로 시외의 허름한 병원 침대에 누웠다. 첫날 아이를 죽이는 주사를 맞고 뱃속에서 아이가 죽어가며 꿈틀댈 때 울었다. 배를 부여잡고 어흐흐흥 으응 으으웅 속죄하며 밤새 울었다. 하늘은 나를 용서하지 않을 것이라고 믿으며, 둘째 날 배앓이를 했다. 강제로 자궁을 벌리는 일은 산고와 달라서 새 생명을 위한 찬가가 아니었다. 죽은 생명과 분리되기 위한 처절한 몸부림에 불과했다. 아무리 아파도 죄책감이 면죄되지 않는 형벌이었다. 대야에 죽은 아이가 피와 함께 쏟아져 내리는 순간 나는 나의 장례식을 치뤘다. 나의 사랑과 희망을 장례식의 제물로 바쳤다. 나는 웃음을 잃었고, 삶의 의욕을 상실했고, 무기력해졌다.
　5년이란 시간은 나의 상처의 모서리를 깎아 세상의 빛 안에 서게 할 만큼 새 순을 돋게 했다. 따스하고 밝은 햇살 비추는 마당조차 외출을 허락 않고 책만 읽던 나는 5년이 지나자 창밖으로 손을 내밀었다. 햇빛이 손을 물어뜯거나 살 속으로 파고 들어올 것 같았다. 그러나, 봄볕 탓이었을까. 두 손바닥에 모아진 햇살은 부드럽고 따스했다. 마당 한 구석으로 걸어가 나무처럼 두 팔을 하늘로 올리고 햇빛의 세례를 받았다. 어지러워 쓰러지면 일어서고 또 쓰러지면 다시 일어서서 두 팔을 올렸다. 발바닥에서 뿌리가 내리려는지 발가락과 발가락이 간질거렸다. 그때부터 육감의 문이 열렸다. 미세한 문의 틈새로 들어와 퍼지는 햇살의 입자처럼 아주 가끔 타인이나 나의 전생을 보기 시작했다. 그러나 육감의 양이나 질은 너무 미흡해서 미래까지 볼 수 있는 혜안이 되지는 못했다.

그 후 세상 밖으로 나왔다. 홈쇼핑의 전화판매원으로 취직했다.

명후씨와 아이(나의 아이라고 믿어지는)가 광포한 물 속으로 휩쓸려 들어가며 손을 흔들었다. 진흙덩이와 수초가 다리를 친친 감아 걸음을 놓을 수 없어 이름을 부르며 절규하다 밑을 내려다 보니 M이 내 다리를 잡고 있어 놀라 잠을 깨었다. 땀으로 머리카락부터 발가락까지 흠뻑 젖어 있었다. 정으로 쪼는 듯 머리가 아프고 뼈 마디마디가 쑤셨다. 회사에 한 번도 쓰고 가지 않은 머플러를 찾아 얼굴을 가리고, 눈에 띄지 않을 쉐터를 찾아 입고, 위태위태하게 몸을 가누며 집을 나섰다. M에 대한 연정과 명후씨에 대한 그리움이 범벅이 되어 애간장이 말랐다.

영안실로요라는 주문에 택시 기사는 안스런 표정과 함께 차를 황급히 몰았다. 혼잣말처럼 기사는 나에게 무엇인가 물었는데 나는 대답할 기력이 없었고, 귀에서 위이이잉 구에이잉 웨에이잉 하는 이명이 들려서 알아들을 수도 없었다. 영안실을 향해 허적허적 걸으면서 혹시 아는 사람을 볼까봐 정신을 모았다. 2호실 표시판에서 M의 이름을 발견하고 조심스럽게 안을 들여다 보았다. 칸막이 옆으로 3호실이 있어서 의심받지 않고 지나칠 수 있을 듯 했다. 비칠거리는 걸음을 다잡아 가며 2호실 앞을 지나갔다. M이 손님을 받고 있었다. 지독한 그리움의 근원이 거기에 있었다. 내 사랑의 실체가 명후씨를 스쳐 M과 함께 있다는 걸 감득했다. 다가가 무릎을 꿇고 두 손으로 허리를 붙잡고 싶었다. 곁에 머물 수 있게 해 주세요. 아주 간절히 빌고 싶었다. 한 번만 허락되고 영정 사진으로 남는다 해도 당신 아내가 되겠어요. 숨어서 오래 M을 염원했다.

나는 알았다. 그때 내가 정말 사랑하는 사람은 M이라는 사실을. 그 날 나는 나의 기억 속에서 명후씨에 대한 장례식을 치뤘다. 그 날부터 내 가슴의 방에 남은 사람은 M밖에 없었다.

M은 마른침을 꿀꺽 삼킨다. 장난 편지로 보여지지 않는다. 형 명후가 죽기 전 하얀 나무라서 어떤 꽃이 피어도 어떤 열매를 맺어도 곱게 어울릴 것 같은 여자를 사랑하고 있다고 한 말이 떠오른다. 그 여자랑 지리산에 갔다 올 거야 했던 말도 떠오른다.

사고가 난 후 부모님을 비롯하여 온 집안이 발칵 뒤집혔었고, 사고난 현장에 있던 사람들의 증언이 뉴스에 나와서 비록 시체는 찾지 못했으나 형의 죽음을 인정하지 않을 수 없는 실정이었는데. 그런 와중에 눈앞에 있지도 않고 본 적도 없는 형의 여자 얘기를 누군가에게 할 수도 없었고, 또 할 필요도 없었지. 그런데 형의 애인이었던 여자에게서 사랑의 청혼서를 받아 읽고 있는 현실이 영 현실로 받아들여지지 않아. 그런데 이 글을 보낸 여자는 누굴까? 교환원 하나 하나를 떠올리는데 핸드폰이 울린다.

"자기! 나야. 자기 머어 해에?"

"으응, 지아구나."

"자기 졸다 깼지."

"아냐 임마, 내 예쁜 지아 생각하고 있었다."

"저엉말. 근데 자기야! 나 배 고프고 술 고프다."

"어이구 알았슴다. 어디서 볼까?"

"리즈 테일러."

"리즈 테일러는 곤란한데."

"으으응, 자기야. 나 오늘 리즈 테일러에 꼭 가고 싶어. 거기 분위기 죽인단 말야. 친구 해니랑 기다릴께. 알았지. 자기 안녀엉!"

일방적으로 전화를 뚝 끊는다. M은 핸드폰을 귀에 댄 채로 이맛살을 찡그린다. 리즈 테일러에서 지아가 친구들을 잔뜩 불러 놓고, 값비싼 양주와 양식을 맘껏 시켜 놓고 바가지를 씌우던 일이 생각났기 때문이다.

나이 차이가 열 살이나 나는 데다 하고 싶은 대로 못하면 온갖 앙탈을 부리는 지아를 왜 나는 사랑할까 생각한다. 왜 그렇게 절절 맬까 나이에 맞지 않는 만남이란 것을 알수록 더 연연해지고 헤어질까 생각하면 더 가슴이 메이면서 그리워지니 냉정할 정도로 맺고 끊을 줄 아는 나도 사랑 앞에서는 속수무책인가 싶다가 지아의 탄탄한 젖가슴과 엉덩이를 떠올리자 부쩍 그녀가 그리워진다.

시계를 본다. 퇴근 시간이 조금 지났다. <노처녀의 청혼서>를 디스켓에 복사한 후 서류가방에 넣는다. 리즈 테일러를 향해 발걸음을 빨리 한다.

빠른 템포의 음악과 돌아치는 조명은 본능을 자극한다. M은 술기운이 돌면서 지아와 단둘이 있고 싶어 몸살이 날 정도다. 지아와 해니는 리즈 테일러에서 마신 칵테일에다 나이트 크럽에서 마신 맥주로 거나하게 취한 데다 톡톡 튀는 젊음을 몸을 뒤틀며 발산하느라 일어설 기미를 보이지 않는다.

"지아야, 나가자."

"으응 싫어어. 우리 쬐에끔만 더 있다 나가. 으응. 재미이잇잖아."

브루스를 추며 온통 비음을 섞어 말하는 지아의 허리를 당기며 지아의 귀에 대고 소리를 지른다.

"야, 임마. 나 너 안고 싶어 죽겠다. 나가자."

지아의 표정을 보지도 않고 브루스 곡이 끝나지 않았지만 지아의 허리를 풀고 자리에 돌아와 계산한다. M의 강경한 태도에 지아는 더 이상 놀겠다고 조르지 않는다.

오피스텔에 들어서자마자 M은 지아를 안아 침대에 던지다시피 한다. M은 애무로 꿈틀거리는 지아의 나무랄 데 없는 몸매에 황홀해진다. 지아를 차지할 수 있다면 자신의 무엇인가를 잃어도 좋다고 생각하며 지아의 문으로 들어간다. 오랜만의 격렬한 성애는 치열한 생활의 대가로 받을 수 있는 어떤 것과 견줄 수 없을 만큼 달콤하다.

"자기야, 나 미국으로 유학간다."

지아를 흡족하게 안고 난 포만감이 잠으로 이어지고 있는데, 난데없는 유학이란 말에 정신이 번쩍 난다.

"뭐, 유학? 네가? 언제?"

"수속 마쳤어."

"너 미쳤구나. 나한테 의논도 없이."

"아찌한테 말하면 못 갈 것 같았어. 아찌를 많이 사랑하지만 나 디자인 공부 더 하고 싶어. 여기서 아이 낳고 기르며 주저앉고 싶지 않아."

"너 나랑 결혼한다고 했잖아. 너 미국가면 나랑 결혼은 언제 할래?"

"갔다가 와서도 사랑이 변하지 않으면 할거야. 아니면 말고."

M은 기가 막힌다. 할 말을 잃는다. 카사노바를 자청하며 여러 여자를 섭렵했지만 지아만큼 마음을 사로잡는 여자도 없었고, 순종을 미덕으로 알고 따라주던 아내를 잃은 지 삼 년이 지나자 정착하고 싶은 M은 가슴이 서늘해진다. 지아라면 다른 여자 기웃거리지 않고 아내에만 충실하며 살 수 있을 것 같고, 친가에 맡긴 딸을 데려다 기르며 오붓한 가정을 위해 혼신을 다할 생각을 가지고 있는 M이기에 짜증보다 아픔이 크다. 결혼해서 아이 낳고 기르며 사는 평범한 삶이 아내를 잃으면서 깨지자 줄지도 넘치지도 않는 평범한 생활이 무척 부러웠는 데다 이제 지아와 더불어 그 꿈을 이룰 수 있다고 믿었는데, 무참히 깨지는 느낌을 받자 분노와 허탈이 인다. 지아가 분에 넘치는 여자였지만 강하게 밀고 나가면 순순히 따라주었고, 일련의 행동들이 자기를 많이 사랑한다고 믿었기에 이런 일을 만나리라고는 상상도 하지 못했던 M은 어찌할 바를 모른다. 당돌하고 야무진 구석이 많다고 생각했지만 이렇게 큰 일을 의논도 하지 않고 혼자 결정하리라고는 전혀 예상하지 못했기에 마음을 편히 수습할 수가 없다.

M이 담배를 피워 물며 언짢은 마음을 풀지 못해 불편한 기색이 역력할 때 지아는 옷을 입고 말없이 일어선다. 문으로 나가는 지아를 잡을 생각도 않고 바라보다 머리 색깔이 저렇게 붉은 색으로 염색되어 있었나 하고 느끼는 것과 동시에 지아에 대한 사랑도 일부 문밖으로 함께 빠져나가는 걸 느낀다.

M은 다가오는 여자가 마음에 들면 부담 없이 사귀다가 마음에서 떠나면 가능한 서로 상처받지 않으려고 노력하며 헤어졌다. M이 먼저 싫어지면 서서히 핑계를 대어 만남을 멀리 하며 정리하였고, 여자가 M을 먼저 싫어하는 기색을 보이면 가차없이 다른 여자를 찾아 아픈 마음을 달래었다. M은 어떤 여자와의 만남도 운명이라고 믿은 적이 없었다. 만남은 물과 같아서 흐르다 보면 합쳐지기도 하고 갈라지기도 한다고 믿었다. 사람들이 사랑에 취해 남들도 다 갖는 사랑의 감정을 자기만의 독특한 감정으로 착각해 만들어 놓은 단어가 운명이니 숙명이라고 생각했다. 또한 사람들이 만남에 대한 책임, 특히 자식에 대한 책임이 힘겹고 어려울 때 견딜 수 있는 장치로 남녀간의 만남이 필연이고 운명이라고 부르며 가치부여를 할 뿐이라고 믿었다.

M은 지아가 떠나면 한동안 방황하며 그리움으로 고통받겠지만 다른 여자가 생기면 머잖아 잊고 몇 편의 장면에서 지아를 기억할 것이라고 생각한다. 그래도 저며오는 이별의 아픔을 견디기 힘들어 양주병을 열고 병째 마신다. 늘 사랑의 열병 끝에 겪는 고통이지만 생살이 찢기는 고통은 이별마다 내성이 길러져도 견디기 어렵고 외로워라고 혼잣말을 웅얼거린다.

좀체로 취하지 않자 커튼을 열고 밖을 내다보니 불빛이 현란

하다. 서울은 밤이 낮보다 아름답다고 느낀다. 그 아름다움에 동
참하지 못하는 자신이 느껴지자 슬픔과 외로움이 더 스민다. 위
로받고 싶어진다. 그 때 디스켓이 생각난다. 창문을 닫고 디스켓
을 찾아 들고 컴퓨터를 켠다.

거울

내 생각의 공간은 온통 M으로 채워져 있다. 전화로 상품을
상담하고 컴퓨터에 입력하는 단순한 일거리 때문에 M에 대한
생각을 놓치는 경우 외에는 생각의 화면에 늘 M이 떠 있다. 이
제 옷 밖이나 옷 위로 드러나는 M의 신체를 다 기억하여 말할
수 있다. M의 행동이나 언어에서 가치관과 삶의 목적과 방향을
이끌어 내느라 나는 잠을 설친다. 내 꿈속의 화면도 M으로 채워
진다. 그가 좋아하는 옷 색깔과 구두 모양뿐 아니라 글씨 쓰다가
왼손으로 어깨를 목 부위부터 어깨까지 누르는 동작 하나 하나
까지 칵테일 한 잔의 맛을 음미하듯 떠올리고 떠올리며 즐긴다.

때때로 부원들의 태도가 못마땅할 때 미간을 찌푸리다 오른
손을 들어 이마의 중앙부터 오른쪽 눈으로 쓸어 내리는 동작을
거울을 보며 수십 번 흉내내다 나는 웃는다. 왼쪽 눈 아래 1cm
콧날로부터 2.5cm 지점에 나 있는 M의 점을 내 얼굴에 찍고 출
근을 하기도 한다.

M을 볼 수 있는 회사는 나에게 천국이다. 출근하여 문을 밀
면서 M의 의자를 본다. 그가 거기에 있기만 하면 충족의 기운이

확 퍼진다. 나의 머리끝부터 발끝까지 모든 곳으로 열기가 흐른
다. 설레고 흥분된 감응은 가셔지질 않아서 놀랄 정도로 내 목소
리에 윤기가 흐르고 행동은 부드러우면서도 민첩해진다. 그가 거
기에 없으면 서운한 감정이 바닥을 타고 흐르다가 그가 나타나
길 기다리는 애타는 감정이 섞인 흥분 상태가 되어 거울을 본다.

　내 의자에 앉으면 M이 있는 방향으로 얼굴을 틀지 않아도 M
을 볼 수 있다. 내 눈은 M의 모습을 너무나 원한다. 그러나 M
의 얼굴을 빤히 바라보고만 있을 수는 없어서 거울을 세 개 마
련했다. 세울 수 있는 세 개의 거울은 M의 모습을 놓치는 경우
가 드물다. M이 내 뒤에 있어도 거울의 각도를 맞추어 놓으면
M의 모습을 담을 수 있다. 먼저 하나의 거울로 M의 모습을 비
추게 하고, 그 반대 방향에 거울을 놓아 첫 번째 거울 속을 비
추게 하고, 세 번째 거울에 다시 두 번째 거울의 모습을 담으면
된다. 내 몸을 거울에 맞춰 조금만 움직이면 M의 모습을 거울
안에서 볼 수 있기에 사람의 눈길을 피해 나는 M의 모습을 관
찰하고 즐거울 수 있는 것이다. 곁에 앉은 동료가 책상 위에 거
울을 세 개나 놓고 지내는 이유를 물어왔을 때, 나는 사물을 있
는 그대로 받아내는 거울의 세계를 좋아한다고 말해 주었다. 마
음만 먹으면 거울 속의 세상을 서로 비추게 하여 내 맘껏 바라
볼 수 있어서 좋다고 했다. 동료는 거울 속에 늘 M이 들어 있다
는 것을 모른다. 내 의자에 앉지 않고 그녀가 앉은 자리에서 비
춰지는 세계는 다르기 때문이다. 세상의 모든 사람들이 자신의
자리에서 살아내는 삶의 모습이 다르듯이.

　M이 들어 있는 거울 안에는 미소짓고 있는 내가 함께 들어

있다. 거울 안은 M과 내가 공유하는 공간이다. 거울이라는 사각의 틀 안에서 우리는 늘 함께 한다. 우리 모두는 자신을 중심으로 한 작은 공간 안에서 의미를 만들어 가며 살고 있는 것이니, 내가 만든 이 거울의 공간은 내 삶의 의미이며 가치가 쌓이는 곳이다.

'노처녀의 청혼서'의 주인공이 W라는 것을 M은 거울 세 개에서 알아챘다. 하얀 옷을 즐겨 입는 여자, 몸매의 선이 가늘고 섬세한 여자, 남자에게는 관심이 전혀 없어 보이는 여자, 감정의 기복을 드러내는 일이 없어 마음을 읽기 어려운 여자, 건드리면 부서질 것 같아 부담스러운 여자로 M은 W를 기억의 거울에서 비춰낸다.

M은 W를 단 한 번도 자신의 여자가 될 수 있다는 생각을 해본 적이 없다. M이 여자를 대할 때는 그녀 옷 속에 감춰진 육체를 먼저 생각하고 여자를 선택할 때마다 그녀를 품고 싶은가 아닌 가로 결정했다. 여자는 육체에 관심이 가면서 마음이 가고 사랑이 느껴졌었다. W는 상당히 호감이 가는 육체를 가지고 있었지만 함부로 범접하지 못할 기운을 갖고 있어서 육체를 소유하고 싶은 욕망을 차단하는 여자 유형이었다. M에게 있어 이런 유형의 여자는 정신적 공유가 없으면 무관심해지고 잊혀지는 여자였다.

M은 화면에서 눈을 거두고 의자를 반쯤 돌린 후 다리를 꼬고 눈을 감는다. 그녀의 육체를 뇌리에 떠올리며 더듬는다. 침대 위에서 썩 괜찮은 성찬이 될 수 있는 여자라는 생각이 들자 야

릇한 홍분이 온다. 팬티가 서서히 위로 부풀어 오른다. M은 걸친 단 하나의 옷, 팬티 위를 지긋이 잡았다가 놓으며 홍분하다지아가 떠올라 씁쓸해진다. 팬티의 모습이 평평해지자 몸을 돌려화면을 본다.

의자, 다알리아, 안개, 메모, 첫눈, 크리스마스, 사진, 달빛 외에도 많은 제목들이 대원들을 거느리고 나타나듯이 컴퓨터 화면을 채운다. M은 거울의 내용과 별반 다르지 않는 반복적인 사랑의 고백서에 마음이 착잡해진다. 이런 사랑을 받을 자격이 있나하는 마음에서였으나 한편으로 누군가를 지성으로 사랑하고 몰입한다는 것이 부러워진다.

W는 사랑의 환상을 가진 여잘거야, 사랑하는 사람을 가까이서 대하며 때로 갈등하고 실망하는 것이 아니라 멀리서 바라보는 짝사랑이라서 사랑의 우상과 덧칠이 만든 환각일거야, 거울에서 보는 세상이 현실은 아닐 수 있잖아, 어쨋든 남자든 여자든인간으로 태어나서 누군가를 이렇게 사랑한다는 것은 행복이겠어하다가 읽었던 내용을 다시 올라가 읽는다.

놀이터

M의 딸이며 나의 딸인 다인을 보고 왔다. 나는 내가 죽음으로 몰아넣은 나의 아기 대신 다인을 나의 딸로 맞이했다. 다인이나의 딸이 된 것은 오래된 일이었다. M에게 딸이 있다는 이야기를 듣는 순간부터 자연스럽게 받아들였다.

야유회에 M이 데리고 온 다인을 보는 순간 다인과 나는 한 뿌리에서 자라난 나무라는 것을 알았다. 세상에 먼저 나온 내가 다인보다 큰 나무가 되었을 뿐이라는 것을 알 수 있었다. 우리는 자매혼으로 맺어져 있어서 내 몸을 빌어 다인이 나올 수 없었다. 나는 다인보다 M을 더 사랑하므로 다인이 자매가 아닌 딸의 인연으로 내게 와도 개의치 않았다. 다인은 M과의 사랑에 중개자 역할을 할 것이기에 딸로 맺어지는 인연이 더 좋다는 생각을 했다. 또한 싹을 자른 나의 아기에 대한 사랑의 갈구가 많이 남아 있어서 다인에게 그 자양분을 주는 것이 인연의 매듭을 푸는 것 같고 마음 구석의 어둠을 몰아낼 것 같아 더욱 달갑기도 했다.

야유회에서 내가 다인에게 다가갔을 때 다인은 나를 돌아보며 웃었다. 오랜 옛날부터 끌어올려진 감각으로 나와 다인은 재회의 기쁨을 웃음으로 주고 받았다. 저절로 다가서는 친밀감이었다. 재회를 인지하는 시간은 지극히 짧았으므로 나는 또박또박 말했다.

"다음 주 토요일 오후 3시에 아파트 놀이터에서 만나."

고개를 끄덕인 후 다인은 리본으로 묶은 머리를 나풀거리며 뛰어 노는 7살 아이로 돌아갔다.

명후씨가 데리고 갔던 아파트의 놀이터를 나는 잘 알고 있었다. 3시가 되기 전에 서둘러 갔는데 아이가 미끄럼틀 위에 앉아 내가 오는 것을 보고 있었다. 내가 손을 흔들며 달려가자 다인은 미끄럼을 타고 내려와 내게로 뛰어 왔다. 나는 다인을 품에 꼭 안고 있다가 번쩍 안아 세 바퀴 회전을 돌았다.

"아줌마, 우리 소꿉놀이하자. 내가 소꿉놀이 세트 들고 왔어."

"아줌마는 누구할까."

"아줌마는 엄마, 나는 아기."

다인은 업어 달라, 우유 달라, 재워 달라, 안아 달라, 맘마 달라 수없이 요구해 왔다. 미끄럼틀 아래 그늘에서 우리는 모녀가 되어 시간가는 줄 몰랐다. 홈웨어를 구해 편한 복장을 하고 갔던 나는 다인을 품에 안고 자장가를 부르며 미끄럼틀 아래 땅에 철푸덕이 앉아 있을 때 다인이 잠이 들었다. 깨우지 않기 위해 꼼짝없이 앉아 있자니 빗방울이 쏟아졌다. 땅에 물이 스며 치마와 속옷이 젖어 들었으나 다인이 깰까봐 움직일 수가 없었다. 오랜만에 엄마품에 안겨 잠든 아이를 어찌 깨울 것인가.

다인은 주말마다 나를 기다렸다. 토요일이나 일요일 근무가 없는 날에는 다인과 약속이 되었고, 나도 다인을 기다렸다. 다인의 할머니는 다인을 방임으로 키우고 있어서 우리의 만남은 자유로웠다. 어둡기 전에 집에 들여보내면 되었다.

나는 다인을 위해 주말마다 김밥이나 햄버거, 과자나 과일을 준비하였다. 다인은 스스럼없이 나를 엄마라 불렀다. 아이의 터전은 엄마다. 아이가 마음 놓고 놀 수 있는 것은 엄마가 있는 공간이다. 놀이터는 다인이 마음놓고 놀 수 있는 공간이 되었다. 초기에 다인은 내가 혹시 안 올 수도 있다는 두려움을 풀며 나를 반기었는데, 이제는 당연히 올 것이라는 신뢰와 믿음 속에서 나를 기다렸다. 어쩌다 차가 막혀 늦을 지라도 두려운 얼굴로 나를 기다리지 않았다. 대신 왜 그렇게 늦었느냐고 짜증을 냈다. 다인이 나를 엄마로 여기지 않으면 마음놓고 짜증을 부릴 수는 없는 일이었다. 아이는 엄마가 사라지지 않는다고 믿는다. 당연

히 아이가 기다리는 곳으로 온다고 믿는다. 다인도 마찬가지였
다. 우리는 진짜 모녀간이었다.

부모를 일찍 여읜 친구의 말이 떠오른다. 부모는 아이의 눈길
이 닿는 곳에 있어야 한다는. 친구가 하루는 회전목마가 타고 싶
어 혼자 놀이동산에 갔다가 울면서 왔다고 했다. 다른 아이들은
회전목마를 타고 한 바퀴 돌면 그들의 부모가 손을 흔들고 있었
고, 아이들도 당연히 부모가 거기에 있다는 것을 의심하지 않고
부모가 보이면 웃으면서 손을 흔드는데, 자기만 눈길을 줄 수 있
는 곳도 눈길을 받을 수 있는 곳도 없다는 그 상실 앞에서 흐르
는 눈물을 멈출 수가 없었다고 했다. 다인의 눈길이 닿는 곳에
내가 있다. 이제 다인의 얼굴에서 어두운 그늘이 사라졌다. 하늘
이 기회를 준 다인의 놀이터, 다인의 엄마 자리에 감사하며 늘
다인을 위해 기도한다.

M은 W가 딸과 오랫동안 만나왔다는 사실에 마음이 숙연해
진다. M은 다인의 아빠로서 딸에 대한 사랑이 깊음에도 사랑을
행동으로 표현하는 것이 적어 죄의식에 시달려 왔다. 주말을 피
해 여자를 만나고 주말에는 다인을 보러 가던 M이 지아에게 빠
지고부터는 다인을 보러가는 날이 적었다. 수시로 전화를 걸어
다인이 어떻게 지내는가를 물으면 다인의 할머니는 걱정 없이
잘 지낸다거나 더 명랑하고 그늘이 없어졌다는 대답을 해서 별
생각 없이 죄책감을 덜곤 했는데, 그 바닥을 받치고 있었던 것이
W였다는 것에 생각이 미치자 W가 고맙고 친근하게 느껴진다.

M과 다인에 대한 사랑을 계속 읽다가 어디가 끝인가 싶어 M

은 Ctrl + PgDn을 누른다. 위로 커서를 옮겨 마지막 제목을 본다.

머리카락

M의 머리카락을 M의 의자에서 집어 들었다. 10cm 남짓의 가는 터럭을 집어 드는 순간 내 몸은 뜨거워졌다. 전혀 예기치 않은 반응이 몸 전반에 걸쳐 일어났다. 심장으로부터 온 말초신경으로 전기가 통하여 흐르듯 짜릿함이 경련처럼 몸을 덮쳤다. 8만 개나 10만개 중의 한 개에 불과한 머리카락 한 올이 나의 온 몸을 흥분시킨 것이었다. 날마다 빠지는 50개 중의 하나인 머리카락이 나를 성적 쾌감 상태로 몰아간 것이었다.

그 머리카락을 나는 보석상자에 보관하고 있다. 보석 상자를 열어 M의 머리카락을 집어 든다. 비록 M으로부터 떨어져 나왔으나 내가 소유할 수 있는 유일한 M의 신체이므로 나에게는 너무나 소중하다. 한 때 M의 몸 일부였던 머리카락을 뜨겁게 달아오른 오른 뺨에 대본다. 눈을 감으면 M의 신체 한 부위 한 부위가 떠오르고 나는 어느덧 M에게 안겨 있는 상상을 한다. 나는 참을 수 없어 침대에 가서 눕는다. 머리카락을 눈으로 보는 순간부터 흥분하는 나는 나도 놀랄 만큼 M의 육체를 원하고 있다. M에게 안기고 싶다. M과 하나가 되고 싶다. 나의 우주는 그 순간부터 생성될 것이다.

M에게는 함께 육체를 나누는 여자가 많이 있었다. 주변 사람은 아랑곳없이 여자에게서 걸려 오는 전화를 큰 소리로 받아 약

속을 정하거나 농담하는 투로 보아서 알 수 있었다. 더구나 여자가 많은 부서였으므로 소문이 난무해서 이를 더 확인시켰다. 때로 버림을 받은 여자가 회사에 직접 찾아와 M을 불편하게 하는 경우가 생기거나 여자가 전화를 걸어 악담을 하는 경우도 있어서 여자가 많다는 것을 아는 것은 어려운 일이 아니었다.

M의 여자를 생각하면, 더 나아가 M과 사랑을 나누고 있을 여자를 생각하면 가슴이 뜨겁고 시리고 아프다. 하지만 M이 내 남자라는 것을 언약한 것도 아니고, 아직 내 존재도 모르니 달리 방법이 없다.

전화상으로 지아라는 이름이 나오기 시작한 이래로 M이 달라졌다. 주변 여자들과의 관계를 정리하는 듯 했다. 농담도 현격히 줄었고, 요즘은 여자들에게서 전화가 걸려오지 않는다. 술좌석에서 들었다며 이대리가 M이 지아라는 아가씨와 사랑에 빠졌고, 얼마 지나지 않아 결혼할 것이라는 소문을 퍼트렸다.

비상사태다.

M에게 아내가 생긴다면 내 사랑의 농익은 과일은 씨앗을 품지 못한 채 땅에 떨어질 것이다. 다인과의 만남도 삼자인 지아가 끼어 들면 어려움이 생길 것이다. 이제 M의 앞에 나설 때가 된 듯하다. 몸의 하나로 소중히 자라다가 떨어져 내리는 한 가닥의 의미 없는 머리카락이 되고 싶지 않다. 내 존재가 M 앞에서 받아들여지지 않는다 하더라도 내가 소중히 간직하고 있는 M의 머리카락처럼 내 사랑을 M이 인식하길 바란다.

M은 W를 데리고 오피스텔에 왔다. W가 자신을 너무나 사랑

한다는 것을 알고 있었기에 자신 있게 그녀의 입술을 가슴을 성기를 애무한다. W는 잘 익은 수밀도처럼 먹어 갈수록 향기와 맛을 느끼게 한다. 이런 여자가 있었다니 기가 막히는군 감탄한다. W의 몸 안으로 강렬히 빨려 들어가다 흥분을 감추지 못해 눈을 감았는데 형 명후가 떠오른다. M의 성기가 명후의 영상이 떠오르자마자 급격히 위축된다. W의 몸으로부터 M이 떨어지자 W가 M의 손을 황급히 잡는다. 부드럽게 M이 W의 손을 떼어 놓으며 말한다.

"당신은 형 명후의 여자였어."

"명후씨는 과거의 남자예요. 지금은 당신밖에 없어요."

"당신 기억에서 지워졌다 해서 내 기억에서 지워진 것은 아니야."

"나무가 한 시절 꽃이 피고 열매 맺었다 해도 겨울이 지나 새로운 꽃과 열매를 맺었다면 과거의 꽃과 열매일 수 없어요."

"그건 당신 방식이지. 내 기억에서 사라진 형의 기억이 당신을 만나면서 떠올라. 나 그거 견디기 쉽지 않아."

"제가 오랜 동안 명후씨의 기억을 지웠듯이 기다릴 수 있어요. 당신이 내게서 명후씨의 기억을 지울 수 있는 날까지."

"기억에 각인된 거 그리 쉽게 지워지지 않아."

"사랑으로 가능해요."

"내가 그 불편을 오랫동안 감수해야 할 이유가 있나?"

"당신은 스스로 선택하세요. 저는 이 길이 유일한 길이고, 삶이에요."

M은 착잡한 심정으로 창문으로 걸어가 커튼을 연다. M은 하

늘에 별이 총총해도 지상의 오색찬연한 불빛에 눈이 간다. W가
다가와 M을 등뒤에서 껴안으며 하늘의 별을 본다.

지아가 W에게 전화를 걸어 만나자고 해서 둘은 커피숍에서
만난다.
"언니, 나 아찌를 포기 못하겠어."
"유학을 포기할 거니?"
"응, 차라리 그럴래. 국내에도 좋은 대학원이 많은 걸. 아찌랑
결혼하면 의논해서 함께 외국에 가던지. 아니면 대학원 마치고
신혼 생활을 누린 후 유학을 가던지 할거야."
"M과 다인에 대한 내 마음을 알면서도 안되겠니?"
"그건 언니 일이야. 내 일은 아니잖아."
"저 번에는 승낙했잖아."
"언니가 유학비로 준 돈이 탐나기도 했고, 또 우리가 결혼해
도 언니는 아찌를 포기 못할 것 같아 늘 신경쓰는 것이 힘들고
귀찮을 것 같았고, 또 세상에는 쓸만한 남자가 많다고 생각했었
어."
"그런데 왜 마음이 변한 거야?"
"나 아찌와 처음에 육체는 짜릿하고 정신은 진지하지 않은
만남이었는데, 시간이 지날수록 아찌를 사랑하는 자신을 발견했
어. 그리고 이별해 보니 장난이 아닐 만큼 아찌가 보고 싶어 죽
을 지경인 걸. 정말 나 아찌를 사랑하나 봐. 나, 정말, 아찌의 몸
이 너무나 그리워 며칠이나 잠을 잘 수가 없었어."
지아는 봉투를 W에게 건네주고 염색한 머리를 찰랑거리며

커피숍을 나선다.

W는 사랑을 위해 한 자리에서 더 많이 기다리고 인내해야만 제 철을 만나 풍요로운 과일을 딸 수 있겠구나하며 창밖을 본다.

옷을 다 벗은 나무들이 바람에 잔가지를 내주면서 단단히 서서 시린 하늘을 받치고 있다.

금화는 옷을 벗을까

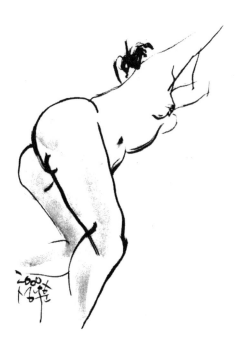

금화는 옷을 벗을까

1

목욕탕에서 몸 닦은 수건들을 아무렇게나 던져 놓은 형상으로 쌓여 있는 옷가지들 속에서 미쏘니 상표를 발견하고 각종 뜨개실로 엮은 미쏘니 특유의 문양을 보자 금화는 신들린 여자의 눈빛처럼 안광에 광채가 인다. 20대 후반의 날씬한 여자도 금화와 동시에 원피스의 한 쪽 끝을 잡아당기고 있다. 금화는 절대로 빼앗길 수 없다는 절대절명의 심정이 되어 원피스를 나꿔챈다. 득의의 미소를 지으며 계산대로 걸어가 어깨를 쓰윽 치켜세운 채 조심스럽게 물건들을 놓는다.

"이 물건들은 완전 바닥 세일품이라 교환도 환불도 안됩니다."

금화는 판매원의 말에 고개를 끄덕거리며, 절대 그런 일은 일어나지 않는다는 의지를 담아 알고 있어요 하며 셈을 한다. 누이

비똥 가방, 버버리 목도리, 펜디 벨트, 미쏘니 원피스, 프라다 신발이 들은 까만 비닐백을 들고 왕창 세일장을 나온다. 명품을 흉내낸 가짜 상품들이지만 모양이나 색깔이 명품과 너무나 유사한 이 물건들을 소유했다는 즐거움으로 오랜만에 가슴이 터질 것 같다. 미쏘니 원피스에 펜디 벨트를 골반에 걸쳐 매고, 버버리 목도리를 목앞에 접어 멋을 내고, 누이비똥 가방을 어깨에 맨 후 프라다 신발을 신고 외출할 생각을 하자 댐의 만수처럼 흥분이 목구멍까지 차 올라 침을 꿀꺽 삼킨다. 이런 낙이 없이 무슨 재미로 사나 이런 흥분과 만족이 없는 나는 죽은 나야 싫어 그렇게 살지 않을 거야 참고 견디던 시간들을 생각하며 몸을 부르르 떤다.

환상적으로 맞춰진 퍼즐 같은 오늘의 쇼핑물에 원피스가 빠졌다면 어쩔 뻔했는가 생각하는 순간 아찔한 생각에 비닐백을 열고 원피스를 찾아 확인한다. 원피스는 다른 물건들과 함께 얌전히 비닐백 속에 있다. 금화는 비닐백을 가슴에 꼭 안는다. 머리끝부터 발가락손가락끝 말초신경까지 행복하고도 짜릿한 감각이 왔다가 사라지고 왔다가 사라진다 마치 오르가슴의 반복되는 황홀처럼.

걸음을 놓다가 펜디 벨트의 문양이 어설프게 떠오르자 주변을 휘이 돌아본다. 금화가 집으로 가던 길이 마침 천변이어서 장의자들이 눈에 띈다. 뛰어가고 싶은 심정을 억제하면서 한 발 한 발 꼭꼭 눌러 걸어 장의자에 도착한다. 발자국마다 흥분의 기운이 먼지를 만들어 날린다.

다시 한 번 주변을 둘러보고 비닐백에서 물건들을 꺼내놓고 살피기 시작한다. 표면을 만져보고, 코끝에 가져다 냄새를 맡고, 볼에 대어 본다. 오랜만에 산 물건들이 금화는 환장하도록 마음에 든다. 몸에 걸치고 싶어 더는 참을 수 없다. 오랜 시간 그리움을 가두고 가두던 여인을 만난 남자가 분기탱천한 성욕을 누를 길 없어 여인을 포옹하듯이 금화는 비닐백을 가슴에 안고 천변 옆 웨딩홀 건물로 들어간다. 화장실에 들어가 옷을 갈아입는다. 입던 옷을 비닐백에 넣어 들고 거울 앞에 선다.

금화는 미쏘니 원피스에 펜디 벨트를 골반에 걸쳐 매고, 버버리 목도리를 목앞에서 접고, 누이비똥 가방을 어깨에 맨 후 프라다 신발을 신은 자기를 거울 속에서 본다. 사십 대의 허릿살을 미쏘니 원피스는 그대로 드러나게 하고, 골반 펜디 벨트는 드러난 중년의 굵은 허리를 더욱 강조하고 있다. 체크 무늬의 버버리 목도리는 미쏘니 원피스의 무늬와 서로 겨루는 형세가 되어 조화를 이루지 못하고 어지럽다. 누이비똥 가방의 색깔은 무난하게 튀지 않은 자리를 차지하고 있으나 전체 균형에 비해 너무 크고, 납작한 프라다 신발은 그녀의 키를 낮춰 그녀를 네모지게 하는 데 일조한다.

그러나 금화는 미적 조화라는 기준으로 자기의 모습을 판단하지 않는다. 몸에 걸친 물건들이 자신의 소유라는 것에 지극한 만족을 한다. 모델처럼 걷기도 하고, 손을 허리에 대고 윗몸을 틀어 섹시한 표정을 짓기도 하고, 군중을 향해 손을 흔드는 여왕처럼 미소를 보내기도 한다. 몇 명의 여자들이 화장실에 들어 올 때마다 행위를 멈추다 그녀들이 나가면 거울에 자신을 비추던 금화가 한참만에 화장실을 나온다.

주변을 쓰윽 훑어보고 몇몇 사람들이 서성거리고 있는 로비를 지날 때의 걸음걸이는 들어올 때의 걸음걸이와 다르다. 누구 하나 관심을 두지 않는데도 눈을 지긋이 내려 깔고, 어깨를 으쓱 들어올린 채 허리를 곧게 펴고, 발걸음을 천천히 놓는다. 부푼 풍선처럼 당당함이 걸음걸이마다 들어 있다.

밖으로 나온 금화는 천변의 장의자에 가서 앉는다. 금화는 누군가에게 자신의 모습을 보여주고 싶어도 보여줄 사람이 없다는 것이 안타깝다. 생각나지 않던 엄마와 남편이 갑자기 떠오른다. 지난날의 기억들이 천변의 나무와 풀과 물의 흐름이 눈에 들 듯 새록새록 떠오른다. 머리가 찌르르 아파 온다. 주름진 눈가의 물기를 주름진 손등으로 누르며 고개를 수그린다. 들썩거리던 어깨만으로 참지 못한 오열이 터진다. 지나가던 사람들이 하나둘 모여든다.

2

이게 집안을 말아먹기로 작정했나 한두 번도 아니고 정신차려 이것아 철썩 철썩 무방비 상태로 금화는 따귀를 맞았다. 샌님처럼 말이 없으신 아버지는 금화의 옷값이 써있는 청구서의 0의 갯수를 두 번 세 번 헤아리다가 금화의 방문을 열고 자고 있는 금화의 머리채를 잡아 올려 따귀를 때렸다 반복해서 여러 차례. 진도 모피 코트를 포함해 청구서는 천만 원을 넘고 있었다. 금화는 침대에서 코피가 터졌다. 따귀만으로 분이 풀리지 않은 아버지가 주먹을 날렸기 때문이었다. 엄마가 달려와 말리지 않았다면 금화는 병원에 입원했을 것이었다. 그만큼 아버지는 딸의 소비병에 대한 원망이 짙었다. 그 날 금화는 엄마와 부둥켜안고 한참을 울었다.

금화의 엄마는 빼어난 미모는 아니지만 주변의 시선을 받을 만큼 키가 크고 인물이 좋았다. 학창 시절 공부에는 관심이 없어 책과는 담을 쌓고 살았다. 남아도는 시간과 열정을 멋부리기와 남자에게 쏟았다. 공부를 못해 대학에 가지 못했으나 남자들에게 인기가 높았다. 여러 남자와 사귀며 상처주고 상처받았다. 남자란 다 그렇고 그렇다며 시큰둥할 때는 이미 결혼 적령기를 넘기고 있었다. 서른을 넘겨 혼기를 놓친 데다가 집에서 빈둥거리며 놀기도 그럴 때 생긴 것 별 볼일 없고, 가진 것 많지 않은 금화의 아버지와 선을 봤다. 금화의 아버지 역시 혼기를 놓친 노총각이었는데, 미모가 남아 있는 금화의 엄마에게 반해 목을 매달며 청혼해왔다. 예전 같으면 쳐다보지도 않을 남자였으나 들이는 정성이 갸륵하고, 달리 인생 계획이 있는 것도 아닌 데다 몇 번 심정이 울적할 때 안은 것이 임신이 되어 결혼하였다. 주변에서는 모시 고르려다 삼베 골랐다고 했다.

금화의 아버지가 돈 쓸 줄 모르고, 사람 모이는 곳도 싫어해서 낭비가 없는 데다 금화의 할아버지가 유산을 조금 남겨주고 갔기에 그들은 중류 가정을 이루며 살 수 있었다.

금화의 외모는 엄마를 닮았다기보다는 아버지를 많이 닮았다. 외거풀인 작은 눈과 숱이 적은 눈썹은 밑으로 약간 처졌고, 앞코는 매부리코처럼 크고 가운데는 낮았으며, 입술은 얼굴에 비해

얇았다. 그래도 엄마의 갸름한 얼굴형과 예쁜 이마를 닮아서 그리 밉상은 아니었다.

금화의 엄마는 자기가 낳아 놓은 딸이 너무나 마음에 들지 않았다. 처음에는 아기의 얼굴을 보려고도 하지 않고, 젖을 물리려고도 하지 않았다. 그러나 혼전 문란한 남자 관계로 인한 것인지, 자연발생적인지, 유전적인지 자궁근종으로 수술을 받고 더 이상 아기를 낳을 수 없게 되자 금화에게 정성을 쏟기 시작했다.

금화의 머리를 기르게 해 온갖 머리핀으로 장식했고, 시내를 누벼 예쁜 공주복을 사서 입혔으며, 그 당시 구하기 힘든 구두를 사서 신겨 외출하였다. 금화가 외출하면 사람들이 돌아보았다. 살기 어렵던 시절 화사하게 멋부린 꼬마 아기가 희귀했기 때문이었고, 아기들은 못생겨도 귀여웠기 때문이었다.

금화는 엄마의 보호 아래 지낼 수 있었는데 아버지와는 갈등이 심했다. 선천적으로 낭비를 싫어하다 못해 증오하는 아버지는 금화의 엄마와 딸의 행동을 이해할 수 없었다. 금화는 옷가지를 사다 아버지가 모르는 곳에 감췄다가 아버지가 출근하면 입었다. 금화의 엄마는 금화의 소비벽으로 금화의 아버지와 많이 다투게 되었으므로 집안은 냉기가 돌았고, 우울이 떠돌았다. 아버지에게 있어 금화는 취직할 궁리를 하는 법이 없고, 돈 쓸 궁리만 하는 좀벌레 같은 존재였다.

그래도 엄마는 하나밖에 없는 딸의 행동을 이해하지 못하겠다면서도 사온 옷가지를 숨겨주고, 곗돈을 타서 빚을 갚아주고, 살림비를 줄여 용돈을 주었다.

금화의 엄마가 자궁근종이 재발하고 악성으로 번지면서 집안의 돈을 전부 탕진하다 빚까지 지고 죽은 후 금화는 남편을 만났다. 금화의 소비병이 줄지 않는 데다 엄마로 인한 빚이 이자를 낳고, 원금과 이자가 이자를 낳아가고 있을 때 아버지는 퇴직금을 수령해 금화 곁에서 떠났다. 아니 도망쳤다. 1년치의 생활비와 그 안에 남자 만나 시집가라는 글귀를 금화의 머리맡에 남겨 놓은 채.

금화는 아버지와의 이별이 슬프거나 아프기보다는 홀가분했다. 마음놓고 무엇인가 살 수 있다는 생각이 앞섰다. 1년치의 생활비는 석 달도 못 가 바닥이 났고, 배고픔과 걱정이 밀물처럼 밀려왔을 때 남편을 만났다. 정확히 말하면 죽어버린 남편을 만났다.

금화가 입은 비싼 옷과 가방과 구두를 보고 부잣집 딸인 줄 알고 쫓아다니던 남편 태주는 택시기사였다. 집 앞에서 택시를 탄 그녀를 본 후 집 근처를 배회하며 그녀를 기다렸다. 혹시나 부잣집 딸을 후려 팔자나 고칠 수 있을까 싶어 때로는 택시 안에서 때로는 길목을 지키며.

생활비를 탕진하고 하루 종일 굶어 배가 너무 고픈 금화는 자진해서 태주를 기다렸고, 태주는 그녀에게 밥을 사 주었다. 경매로 집이 넘어가 갈 곳이 없던 금화를 태주는 자취방으로 데려와 있게 하였다가 결혼하자고 하였다. 내 주제에 무슨 부잣집 딸이람하는 자조적인 말과 함께.

태주는 신혼 초 금화가 옷가지를 사서 한달치 월급보다 많은 청구서가 날아왔을 때 자기처럼 돈이 없는 놈과 결혼한 금화를 안타깝게 여겼다. 잘살던 과거의 습관을 버리지 못해 일시적으로 일어난 이해할 수 있는 일로 여겼다. 생활에 적응하다보면 이런 일이 일어나지 않거나 차츰 사라질 것으로 생각했다. 또한, 그런 금화의 소비 성향을 맞춰주지 못하는 자기가 못난 남편이라고 생각해 더욱 열심히 손님을 실어 뺑땅을 쳐야겠다고 나름대로의 애정어린 결심을 하였다.

그러나 반복적으로 큰 액수의 청구서가 날아오자 태주는 위기의식을 느꼈고, 금화를 타일렀으며, 할 수 있는 한 반품하거나 환불 조치하였다. 그리고 돈 관리를 모두 자신이 하였고, 금화가 입는 옷가지를 눈여겨보며 물건을 사들이는지 관심의 끈을 늦추지 않았다.

그래도 금화가 옷가지를 사다 감추고, 갚아야 할 돈이 드러나자 더는 참지 못하고 주먹다짐을 하였다.

중학교를 겨우 졸업한 태주는 금화가 대학에 적을 두었다는 것이 친구들에게 자랑거리였고, 무정자증으로 아이를 가질 수 없다는 의사의 판결이 있었으므로 아내에 대한 미안함이 생겨 금화의 소비벽을 조금은 참아낼 수 있었다. 부모의 이혼으로 어려움이 많았던 태주는 자신은 절대 이혼하지 않겠다는 나의 결심 1호를 늘 입밖에 내고 다녔으므로 아내와 헤어질 생각은 추호도 없었다. 그리고 마누라의 잘못된 버릇은 어떤 방법을 써서라도 고쳐 살면 된다는 생각을 갖고 있었다.

금화가 모질게 얻어맞으면 주춤 소비벽 증세가 완화되는 것을 느끼고부터는 금화가 옷가지를 사 가지고 들어올 때마다 태주는 금화를 모질게 팼다. 뼛속까지 고통이 스밀 정도로 주먹이나 발길질을 했고, 손에 잡히거나 눈에 드는 물건을 사용하여 금화를 비명지르게 했다. 태주는 점점 더 벌벌 떨며 비는 금화의 비굴한 모습과 눈치를 보며 아양을 떨어대는 금화를 때리는 것에 취미가 붙어 쾌감을 느끼기 시작하였다. 폭력의 쾌락을 느끼기 시작한 것이었다.

그래서 때로 토끼몰이를 하듯이 금화로 하여금 소비를 하도록 유도하고 지독한 매질을 하였다. 때리는 요령이 늘어 피가 터지거나 뼈가 부러져 병원에 실려가지 않게 하면서도 고통 속에 몰아 넣었다. 태주는 손바닥으로 따귀치기, 팔 꼬집어 돌리기, 대나무 막대기를 이용해 단타로 온몸 구석구석 갈기기, 허리를 한 팔로 끼고 엉덩이를 벗긴 후 매채로 연거퍼 부위를 치되 살이 터지지 않게 치기, 엎어놓고 엉덩이를 깔고 앉아 종아리 치기, 반대로 엉덩이를 깔고 앉아 머리채를 잡아 흔들다가 옆으로 돌려 따귀 갈기기, 똑같은 자세로 앉아 등을 손바닥으로 치거나 작은 채찍으로 갈기기, 똑같은 자세로 앉아 양팔을 돌려 한 손에 잡은 후 꼬집기 등 헤아리기 어려울 만큼 갖가지 때리기 기술을 발휘하였다. 태주의 매질은 점점 변태성으로 변해 금화의 옷을 벗기고 때리기 시작했으며, 온갖 굴욕적인 자세를 요구하다가 흥분이 극에 달하면 달려들어 섹스를 하였다. 금화는 그런 남편에게 대드는 기색조차 없이 때리면 맞고 안으면 안겼다.

금화는 자신이 옷을 많이 사들인다는 것을 모르는 바가 아니었고, 죄책감도 있었다. 시간이 지남에 따라 금화는 옷을 구입하는 요령이 생겨 비싸지 않은 것으로 골랐으며, 기간을 조절하기도 하였다. 남편이 때리거나 굴욕적인 성행위 자세를 요구한 후에는 갖고 싶거나 충동적으로 사고 싶은 물건을 살 수 있었으므로 남편과의 생활은 참고 견딜 만하였다.

때로 금화가 행복한 시간을 보낼 때가 있었다. 새로 산 옷을 입고 다리가 아파서 걷지 못하도록 거리를 순회하다가 집으로 돌아와 캄캄한 거실 쇼파 위에 앉아 있을 때였다. 피곤이 나른나른하게 몰려와 수족을 조금도 움직이기 싫은 상태에서 자신의 옷들을 생각하는 시간은 지금까지 느끼지 못하는 나른한 행복감을 느끼게 하였다. 편안한 사람이나 친구 앞에서 두 다리를 쭉 벌리고 팔베개를 하고 누운 것처럼 아늑하고 따스했다. 이런 날은 태주가 노름을 하다 새벽녘에 돌아올 때까지 또는 야간 근무로 귀가 시간이 새벽이 될 때까지 불을 켜지 않은 채 쇼파에 앉아 황홀감을 누렸다.

태주는 금화와의 생활을 위해 더욱 분주하게 손님을 찾아 헤맸고, 날마다 뺑땅을 쳐서 금화가 진 외상값을 갚았다. 금화의 집에는 옷가지들이 쌓여 갔다. 태주는 금화로부터의 쾌락이 금화는 태주로부터의 금전이 필요했으므로 불만과 염증을 누르며 십 년 이상의 생활을 그럭저럭 꾸려나갔다.

태주가 장거리 손님을 태우고 시속 150㎞로 고속도로를 달리면서 버스를 추월하다가 즉사한 후 금화의 생활은 돌아보아 가장 안온했던 생활이 깨졌다. 빨리 돌아와 다른 손님을 태우려고 욕심부렸던 태주가 죽은 후 보상금과 집은 빠르게 줄었다.

3

반 지하 월세 방문을 열고 금화는 문 옆의 스위치를 올린다.

창고를 개조한 방은 7평으로 넓은 편인데 금화가 누울 자리를 빼고 발디디기가 어려울 만큼 옷, 가방, 신발, 벨트, 악세서리로 꽉 차 있다. 금화는 방문에 들어서기만 하면 이사오던 날이 떠오른다.

옷장사 하나부네 이사오는 날 방안을 들여다 본 주인 아줌마는 방을 온통 채우고 있는 옷을 보면서 자기가 사서 입을 만한 것이 있는지 살피려고 뒤적거렸었다. 집주인인 자기에게는 원가 정도로 옷을 팔 것이라는 계산과 함께.

새 옷이 아닌 것 같은디 이 치마는 값이 얼마여라고 말하는 아줌마에게서 옷을 채며 이것 다 제 옷이예요하는 금화의 다부진 목소리를 듣고 주인 아줌마의 눈이 동그래졌었다. 금화는 방에 들어 와서 옷을 볼 때마다 주인 아줌마의 주름진 눈두덩이가 밀어 올려진, 다른 곳에 비해 그러잖아도 균형 없이 큰 눈이 더 커진 모습이 떠올라 으쓱해지는 마음이 들고 자식인 양 옷들이 사랑스럽다.

오늘의 수확물을 벗어 정성스럽게 정리하자 배가 고파온다. 배가 고프다 못해 속이 쓰리고 아프다. 그러나, 금화는 세면을 마치고 행거와 행거 사이에 이불을 깔고 눕는다. 방안 어디에도 쌀 한 톨, 빵 한 조각 없다는 것을 잘 알고 있기 때문이다.

양쪽 손을 배 위에 대고 쓰리고 아픈 위가 멈추기를 기다린다. 쉽게 고통이 사라질 것 같지 않다. 위궤양 증세를 보인 지가 석 달이 넘는다. 불규칙한 식사가 금화의 위를 망가뜨리고 있다.

쓰라린 배를 잡고 있다가 금화는 좋은 생각을 떠올려 고통을 견디려고 옷을 생각한다. 어둠에 익숙해졌고, 방안의 위치를 기억할 수 있어서 금화는 일어나 미쏘니 원피스를 옷걸이에서 빼내 이불 위에 올려놓는다. 구김이 가는 옷이 아닌데도 구겨질세라 올이 튈세라 조심한다. 손을 미쏘니 원피스 위에 올려놓고 남자가 애인의 젖가슴을 처음 더듬는 것처럼 쓸어보고 쓸어본다. 부드러운 실의 느낌과 까슬까슬한 감촉이 뱃속의 아픔을 덜어준다. 아픈 기운을 밀어내자 내일 입고 나갈 자신의 모양새가 떠오르고 입가가 밀어 올려지며 웃음기가 배인다. 잠이 금화를 밀고 간다.

주인 아줌마의 짜악 짝 끄는 슬리퍼 소리가 꿈인가 생시인가 느끼는데 방문이 와락 열린다. 깜박 잊고 문을 잠그지 않았다. 새로 산 옷가지의 흥분이 문단속을 잊게 한 것이다.

오늘 방세 줘야지. 밀린 방세 안내면 방 빼기로 약속한 날여. 방세 밀린 게 반 년인 거 알지. 금화는 가슴이 덜거덕거린다. 한 손으로 방바닥을 짚고 일어나 이불에서 몸을 빼지도 못하고 오늘 돈을 못 받아서요. 조금만 기다려 주시면. 뭐여. 이젠 안여. 방세 대신 옷을 남겨 놓고 내일 방 비워. 담에 돈 가져와서 옷 차져가. 방문이 쿵 다치고 내 원 참 별 여자 다 보지. 돈만 있으면 옷이다 가방이다 신발이다 사들고 오면서 지가 사는 방세는 밀리니 별 미친 여자 다 보지. 들으라고 큰소리로 말하며 간다.

금화는 이불 아래로 미끄러져 내려간 미쏘니 원피스를 들어다 가슴에 꼭 안는다. 주인 아줌마가 이번에는 호락호락하게 넘어갈 것 같지 않아. 어쩌지. 신용불량자라서 돈을 빌릴 수도 없고, 더 이상 돈을 빌릴 사람도 없는데. 일자리도 오늘 돈 받고 그만 두어 갈 곳도 없는데. 금화는 미쏘니 원피스를 가슴에 안은 채 이불 속으로 들어간다.

가을이 가고 겨울이 오고 있어서 한기가 엄습한다. 냉기가 돌자 두 팔로 미쏘니 원피스를 꼭 끌어안고 옆으로 누워 두 다리를 최대한 배쪽으로 끌어 몸을 공처럼 구부린다. 손을 풀어 이불을 머리끝까지 올린다. 어머니 태내 안 생명체처럼 구부린 자세로 외출하는 자신의 모습을 눈앞에 그려보고 그려본다.

금화는 돈 걱정을 하다가 오늘 산 옷가지를 가지고 있는 옷가지들과 어떻게 어울리게 입을 것인가 즐겁게 생각하다가 걱정하다가 즐겁게 생각하다가 걱정하다가를 반복한다. 잠들 무렵엔 옷만 생각하자 옷만 생각하자고 주문을 외우자 거짓말처럼 걱정은 사라지고 노곤하게 잠 안으로 빨려든다.

4

금화는 박수를 받고 있다. 알 것도 같고 모를 것도 같은 아줌마, 아저씨들이 금화를 둘러싸고 박수를 치며 웃고 있다. 금화의 옷에서는 황금빛 광채가 나고 있다. 금화가 걸음을 걸으면 아줌마, 아저씨들이 길을 비껴주며 계속 박수를 쳐댄다. 으쓱해져서 몇 걸음 더 놓다가 손이 허전해 주변을 둘러보니 아, 엄마가 환하게 웃으며 손을 잡는다. 엄마에게 자신만만한 미소를 보내며 금화는 깨어난다. 같은 꿈의 반복. 감독과 배우는 늘 같고 각색이 약간 바뀌는 이런 유형의 꿈을 금화는 지금까지 열 번도 더

꾸었다. 이런 꿈을 꾸었다고 특별히 좋은 일이 일어나거나 나쁜 일이 생기는 법은 없었다.

그러나 이 꿈의 영상들을 놓치기 싫어 금화는 꿈을 꿀 때마다 잠자리를 쉽게 털어 내지 못했다. 꿈의 장면 하나 하나를 떠올리며 발가락 끝조차 움직이려 하지 않는다. 숨소리나 솜털조차 움직임을 자제하고 있다.

5

자물통으로 잠굴 겨. 옷가지는 돈 가지고 와서 차져가. 방문 안에서 주인 아줌마의 기척을 가늠하다 얼른 빠져나오는 금화를 주인 아줌마가 놓치지 않고 따라 나오며 금화의 뒤통수에 대고 소리지른다. 너무 원망 말어. 나두 봐줄 만큼 봐줬으니께. 사람이 염치가 있어야지 염치가.

금화는 길거리 광고신문인 교차로, 화제, 가로수 등을 들고 황홀한 심정으로 사서 입은 물건들을 세 시간 이상 만져보고 음미하던 장의자에 앉아 볼펜으로 금을 그으며 일자리를 찾는다. 한 시간이 채 안되게 일자리를 뒤적이던 그녀는 시내버스를 타고 면접을 보러 간다. 금화가 일어난 의자는 금화의 체온이 전이된 따스한 온기를 금새 겨울 찬 기운에 빼앗기고 찾는 이가 없어 쓸쓸하다. 음식을 잘 만들지 못하는 금화는 주방 아줌마가 될 수도 없고, 차라리 몸을 파느니 혀 깨물고 죽겠다는 입버릇처럼 자존심 때문에 몸을 팔 수도 없었기에 식당 허드렛일을 찾아 나선다.

지난번에는 한 달 가까이 다리품을 판 후에 식당 허드렛일을 겨우 얻었었다. 고무장갑을 끼고 설거지를 해야 했고, 행주를 들고 탁자를 훔쳐야 했으며, 눈치 있게 주문을 받아오고, 주문한 음식을 머리에 이고 배달하는 고된 일터였다. 아침 8시에 출근하고 저녁 11시가 되어야 퇴근할 수 있는 그녀의 일은 그녀의 옷들을 구겨지게 했고, 얼룩지게 했다. 주문한 음식을 배달하러 가면 옷의 메이커를 알아보는 사람이 있어 가끔 기분이 좋아지기도 했지만 그녀가 아끼는 옷을 입고 일할 수 있는 곳이 아니었다.

주인은 편한 옷으로 갈아입으라고 자기의 옷가지를 챙겨왔지만 금화는 거절했었다. 어떻게 이런 옷을 걸칠 수가 있어. 나는 죽어도 못해. 입밖으로 목소리를 내지 않았으나 심하게 도리질하는 금화의 태도와 얼굴 표정에서 나타나는 거부는 주인에게 전달되고도 남았다. 주인은 금화가 마음에 차지 않았다. 옷가지를 거부해서만이 아니었다. 일하다가 옷을 털고 있는가 하면 손님이 실수하여 음식물이 튀거나 물이 튀면 사색이 되어 얼룩이 졌다고 짜증을 내는 금화를 좋아할 음식점 주인은 없었다. 싹이 노랗다고 판단한 주인은 금화를 일주일만에 일당으로 계산해 돈을 주고 그만두게 하였다.

금화는 오랜만에 돈을 손에 쥐자 밀린 월세는 까마득히 잊어버리고 미리 봐둔 왕창 세일장으로 걸음을 옮겼다.

금화의 다른 옷인 학벌은 금화의 취직을 방해하는 중요한 요인이 되었다.

금화의 엄마는 대학을 가지 않겠다는 딸을 오십만 원이 넘는 개인 부띠끄 옷으로 달래어 가게 했었다. 그러나 집에서 멀리 떨어진 천안의 삼류 대학에 적을 두고 있던 금화는 2학년 1학기 등록금을 내려고 은행에 가다가 마음에 드는 옷가지의 유혹을 견디지 못하고 사 버린 후 중퇴하였다. 이후부터 주변 사람의 눈을 속이고 사고 싶은 물건을 사는 버릇이 생겼다. 세 번이나 더 등록금을 타다가 옷가지를 사고 용돈을 타내던 금화는 대학가를 맴돌며 지냈다. 엄마가 금화의 친구를 우연히 만나 이 사실을 알게 되기까지.

금화의 자존심을 유지하는 큰 힘은 주변 누구보다 자기가 비싸고 좋은 옷가지를 걸친다는 것과 대학물을 먹었다는 것이었다. 그래서 눈만 게눈처럼 높은 금화가 취직을 하려 해도 자기의 수준에 맞는 일을 찾기란 어려웠다. 재주와 기술을 도통 찾기 어려운 금화의 실력으로 들어갈 곳이 없었다. 옷이나 보석 또는 악세서리를 파는 가게에 취직하려 해도 뻣뻣하기만 하고 손님의 비위를 맞추지 못하는 금화는 며칠을 버틸 수 없었다. 대학물을 먹었다는 금화의 자존심은 일을 배우려는 쪽으로 마음을 기울어지게 하는 것이 아니라 시장의 값싸고 허름한 옷가지처럼 일에 대해 비웃음만 묻어나게 하였다. 그래서 주인에게 고개 숙여 부탁하지 못하였기에 금화는 직장 생활을 유지하기가 어려웠고, 돈을 얻을 수 없었다.

금화는 하루종일 종업원을 구하는 음식점과 가게를 다리가 붓도록 찾아다녔으나 거절당한다. 종업원이 매출과 직결되는 중요한 사항이란 걸 아는 주인들은 이 분야, 즉 사람 쓰는 일에는 베테랑들이다. 취직하려고 오는 사람의 얼굴 표정, 눈빛, 옷차림,

말투만 보아도 며칠 짜리인가 몇 달 짜리인가 몇 년짜리인가 알
아 맞춘다. 금화의 옷차림과 표정과 말투는 주인들의 눈에 며칠
짜리이다. 이런 종업원은 가게에 도움이 되지 않고 손해만 끼친
다고 주인들은 생각한다. 일을 배우게 하기도 어렵고, 손님을 떨
어뜨리게 하고, 다시 사람을 뽑으려고 광고지에 돈이 들어가게
하는 뜨내기 종업원은 주인들로선 가장 불편한 존재들이다.

금화는 주인 아줌마와 마주 보고 방세 이야기 할 일이 난감
해서 곧장 방으로 향하지 못하고 천변의 장의자에 앉는다. 아줌
마에게 말 할 궁리와 돈을 만들 궁리를 하다가 일어난다. 추위가
엄습해서 견디기 어려워졌을 때. 금화의 엉덩이가 떠난 의자는
어둡고, 겨울의 찬바람이 감돈다.

쪽문을 밀고 들어가 방 앞으로 갔을 때 금화는 본다. 커다란
자물통이 금화의 방문에 걸린 것을. 자물통을 흔들어 보다가 절
대 열릴 것 같지 않은 견고함에 무섬증이 인다. 금화에게 있어
그 안에 들어 있는 옷가지들과의 이별은 생각해 보지 않았고 있
을 수도 없는 일이기 때문이다.

금화는 한달음에 주인방으로 달려가 노크도 없이 방문을 팍
연다. 문, 문, 문 따 주세요 내 옷들이 거기에 있어요 내 물건
들이 거기에 있단 말예요. 금화에게 밀린 방세를 받지 못하여 맺
힌 마음이 많은 주인 아줌마가 소리 지른다. 방세를 줘야 따 주
지. 방세 가져오기 전엔 절대 못 따 줘. 나가서 방세 가져와. 안,
안돼요 문 따 주세요 누구 맘대로. 안여.

금화는 주인 아줌마의 옷소매를 잡아 흔든다. 아니 이년이 누
구를 잡아 흔들어. 금화의 머리채가 잡혀 흔들린다. 금화는 맞잡

이를 하려다가 옷이 찢길 것 같아 그만 둔다. 야야, 철구야 너 뭐 하냐 이년 좀 끌어내라.

한창 혈기 넘치는 이십대 총각으로 못생기고 덩치 큰 철구가 대들어 금화의 뒤에서 젖가슴 있는 곳을 안아 번쩍 들어 문밖으로 내몬다. 철커덩 철컹 대문과 쪽문이 쇳소리를 내며 입을 굳게 다문다.

금화는 대문을 몇 번 두드리다 몸을 돌린다. 달리 갈 곳이 없어 천변으로 가 장의자에 앉는다. 장의자는 싸늘하게 금화의 엉덩이를 거부하려다가 금화의 체온을 받자 가만히 따스함을 즐긴다.

6

금화는 아버지와 남편이 그립지 않다. 그들과의 즐거웠던 한때를 기억하려고 해도 따스한 기억이 떠오르지 않는다.

방 속에 있을 옷가지들이 보고 싶고 만지고 싶어 미칠 지경이다가 금화는 갑자기 엄마가 생각난다. 엄마가 보고 싶다. 눈물이 차가운 밤공간을 채우며 흐른다.

한참 어깨를 떨며 울다가 엄마의 언니인 이모가 생각난다. 금화의 소비병에 진저리를 치며 단교를 선언했던 이모집밖에는 갈 곳이 없다. 더는 추위를 견딜 수 없었으므로 금화는 의자에서 일어난다. 의자는 금화가 희미한 가로등 아래 비척거리며 사라지자 아쉬운 듯 초겨울의 찬바람을 몸 위에 흐르게 한다.

새 신발은 금화의 발뒤꿈치를 쪼고 있다. 택시비도 없고 추위에 서 있을 수도 없는 금화는 밤을 걸어 동녘이 훤해질 무렵 이 모집에 도착한다. 방 하나가 불을 밝히고 있다. 염치를 따질 수 없을 정도로 춥고, 발이 아파 견딜 수 없으며, 허기로 지친 금화는 초인종을 누른다.

누구세요? 금, 금화야. 금화 누나! 빨리 문 좀 열어 줘. 터엉, 쪽문이 열린다. 허리를 굽히고 대문을 들어서니 탁교가 현관문을 밀며 나온다. 이모와 이모부는? 출타 중이셔. 탁교 너 혼자 있는 거야? 응. 어디 가셨어? 동남아 여행. 삼일 후 오실 거야. 새벽에 잠 안자고 뭐해? 박사 논문 준비하느라고. 먹을 것 있니? 주방으로 와.

금화는 예쁜 옷을 입고 걷다가 옷이 사라지고 그 옷을 어디에서도 찾을 수 없어 망연자실하다 깨어난다. 방에 두고 온 옷가지가 생각나 자리에 누워 있을 수 없다. 아이를 잃은 엄마의 심정으로 가슴이 울렁거리고 답답하게 죄어오는 흉부 압박으로 숨을 몰아 쉬며 거실로 나올 때 탁교는 두꺼운 책을 보고 있다. 나 오래 잤어? 지금이 밤 열두시니까 한 열 다섯 시간 잤네. 지금 무슨 책보니? 무의식에 대한 글이야. 제목이 <의식의 지배자 무의식>인데 내 전공과 관련이 있어. 너 심리학 전공이지. 응.

누나 요즘 생활 어때. 말하기 싫을 만큼 힘들어. 힘들어 보여. 엄마가 누나 걱정을 많이 했어. 내 걱정? 응 소비벽이 높다고. 눈만 뜨면 옷 살 궁리 장신구 살 궁리로 빈털터리 되어 찾아올 거라고. 그때 나 없어도 밥 챙겨 먹이라고 잠재우라고 했어. 이모가 그랬어. 응.

탁교는 금화의 얼굴을 찬찬히 뜯어보다 진지하게 묻는다.

"누나, 누나는 왜 그렇게 옷과 장신구에 집착해?"

"내가 옷가지를 왜 그렇게 좋아하냐고? 그냥 좋으니까 미치게 좋으니까 저절로 눈에 들고 손에 잡히니까 운명처럼."

"운명처럼? 그럼, 누나의 운명은 누가 결정한다고 생각해?"

"내 운명을 누가 결정하냐고? 글쎄, 신일까? 내 자신일까?"

"누나의 운명을 결정하는 것은 무의식이야."

"무의식? 무의식이 뭐야? 대학 다닐 때 들어본 프로이드의 무의식이야?"

"응 프로이드, 융, 라캉 등 많은 학자들이 더듬으려고 노력했던 어마어마한 세계야. 그들이 말한 건 코끼리 다리 만지는 정도가 아니라 코끼리 땀구멍 만진 정도로 아직 알려지지 않고 있는 광활한 미지의 세계가 무의식이야."

"무의식 세계가 우주처럼 넓고 크다는 거니?"

"응 손에 잡을 수도 만질 수도 없지만 의식의 세계를 지배하여 생각이나 행동으로 떠오르기도 하지만 대개는 검은 어둠으로 사물들을 삼켜놓고 있는 깜깜한 한밤중처럼 알 수가 없을 만큼 큰 존재지."

"사람들 마음마다 그 커다란 무의식 세계를 갖고 있다는 거니?"

"응 누나. 사람들이 우주의 몇 배를 담을 수 있고 느낄 수 있는 것이 다 그 깊이와 폭을 잴 수 없는 무한한 무의식의 세계를 품고 있기 때문이야. 인간을 비롯해 모든 생물이 자연의 섭리 안에 있다는 말 들어봤지. 자연의 법칙 아래서 옴쭉달싹 못 하고 자연의 규칙대로 살아야 한다는 자연의 섭리 말야. 자연의 섭리란 무의식 세계를 일컫는 말일 수도 있어. 갓 태어난 동물들이 먹이를 찾아 헤매고, 교미를 하여 새끼들을 세상에 내놓고 죽어 가는 자연의 섭리라는 것이 그 동물의 머리에 들은 무의식의 세계가 시키는 대로하는 것이니까. 무의식의 세계는 누구도 거부하기 어려운, 거부할 수도 없는 법칙이라서 사람도 무의식의 지배를 받으며 살지."

"우리가 무의식적으로 행동한다는 것은 목적 없이 실수하거나 생각 없이 행동한다는 것처럼 무의식이란 우스운 존재 같은데, 그렇게 어마어마한 일을 한다는 것은 믿기 어려운 일이야? 쉽게 믿어지지 않는데?"

"사람들이 무의식의 세계를 인정한다는 것은 눈으로 볼 수 있거나 머리 안에서 상상할 수 있는 질서와 앎의 세계를 버리고 눈으로 볼 수도 없고 머리 안에서 상상도 되지 않는 혼돈과 미지의 세계를 믿는 것인데 쉽게 믿기야 어렵지. 인간은 특히 의식의 세계가 앞을 가로막고 있어서 무의식의 문으로 들어가지지 않아. 그러나, 사람들이 믿지 않으려 해도 때가 되면 믿게 되어 있어. 지구가 우주의 중심이 아니라는 것과 인간이 신의 아들이 아니라 원숭이의 진화를 믿는 것처럼."

"너, 나 대학물 조금 먹다 말은 것 알지. 강의만 들으면 졸리고 지겨워져서 휴학계조차 안 쓰고 그만뒀는데, 네 얘기 듣다보니 머리가 어지러워. 지구가 돈다고 믿는 것이 내 생활이 나아지는 것도 아니고, 내가 원숭이의 자손이라고 믿는다고 내 팔자가 피는 것도 아닌데. 머리 아프니 그만 두자."

"누나, 누나의 미래와 관련되는 거야. 조금만 더 들어봐. 인간의 자존심이 무너지는 3가지 사건이 있었대. 하나는 지구가 우주의 중심인 줄 알았는데 수천만 개 별 아니 그 이상의 별 중 하나며, 그것도 태양의 위성으로 유지하는 바닷가 모래알만한 존재라는 것을 인정하는 거였어. 또 하나는 신의 아들로 다른 동물과는 다른 위대한 존재가 인간인 줄 알았더니 그 조상이 원숭이아니 더 나아가 단세포 동물이라는 것을 인정하는 거였어. 여지없이 자존심이 무너진 인간들이 그래도 자신은 의지를 내세우며미래를 개척하고 있다고 자부심을 가지며 살았지. 그러나 이런행동조차 자신의 의지로 나아가기보다는 미리 입력된 컴퓨터의코드처럼 무의식의 지배 아래 놓여 있다는 것을 인정해야 한다는 거야. 자신의 생각이나 행동이 자기의 의지로 되는 것이 아니라 무의식의 지배 안에 있다는 것을 인정해야 한다는 것은 인간의 마지막 자존심까지 여지없이 밝히는 일대 사건이라고 할 수있어. 더 이상 인간의 자존심이 내려갈 수도 없는 마지막 사건이무의식의 인정이야."

"그럼 우리는 자존심을 세우지 말고 무의식이 시키는 대로살라는 이야기니?"

"아니야. 오르면 내려가고 내려오면 오를 길이 있듯이 자존심의 바닥까지 긁힌 인간이 자존심을 회복할 수 있는 길은 무의식을 알고 인정하는 거야."

"무의식을 인정한다고 팔자가 바뀌니? 운명이 바뀌니?"

"무의식을 인정하면 팔자나 운명을 바꿀 수 있어. 자기 자신의 무의식 세계 중 하나가 기질일 수 있어. 기질이 누나가 말하는 팔자나 운명을 만드는 기본틀일 수 있잖아. 무엇이든 침착하

고 끈기 있게 물고늘어지는 기질을 가진 사람이 있다고 치잔 말
야. 누나도 잘 아는 심호 같은 사람이 여기에 속할 거야. 내 친
구 형 심호말야."

"세무사 되어 돈 잘 번다는 심호?"

"응, 심호형은 관심 있는 것이 생기면 정말 끈질기게 붙잡고
늘어져 끝까지 해내는 사람이야. 그 형이 세무사가 되지 못했어
도 어느 방면이든 끈기 있게 해냈을 거야. 형의 기질이 형의 인
생을 만들어 간 거잖아. 반대로 노는 것 좋아하고 귀찮은 일은
죽어도 하지 않으려는 기질을 가진 친구 구호는 당구장하며 지
내거든. 심호형에게 당구장하며 지내라면 만족하며 살았겠어? 분
명 형의 기질이 시키는 대로 연구하고 분석하는 쪽으로 흘러갔
을 거야. 구호보고 세무사되기 위해 공부하라고 하면 차라리 자
살한다고 할거야. 이처럼 기질은 그 사람의 직업을 선택하게 하
고 그에 따라 사람과의 만남이 달라지고 운명이 결정되는 거지.
그런데 그 기질을 구성하는 그 사람의 특성들이 그의 무의식에
담겨있는 코드 중에 하나라는 거야. 무의식은 기질뿐만 아니라
이 우주의 모든 비밀을 다 간직하고 있다고 생각해. 이런 세계를
안다면 우리가 어떻게 해야 하는 가를 알 수 있고, 해야 할 일
을 알고 한다면 운명을 바꿀 수 있잖아."

"무의식으로 운명을 바꿀 수 있다고?"

"정확히 말하면 무의식을 의식으로 바꿔야만 운명을 바꿀 수
있어."

"무의식을 의식으로 바꿔야 한다고? 무의식을 어떻게 의식으
로 바꿔?"

"예를 들어볼께. 어떤 남자가 어떤 여자를 보고 첫눈에 반했다고 가슴을 꽁딱이며 행복해 하는 경우가 있지. 연속극이나 소설에 많이 등장하는 것처럼 말야. 그런데 왜 똑같은 여자를 보고 어떤 남자는 가슴을 벌떡거리며 흥분하고, 어떤 남자는 관심이 없을까 생각해 봤어?"

"그냥 좋은 것 아냐? 운명처럼 끌려서. 이유 없이 좋은 거겠지."

"이유를 분석하고 분류하여 따지지 않아서 그렇지 세상 어느 이치에 이유나 원인이 없겠어. 심리학에서는 남자의 무의식에는 이상적으로 여기는 여성상이 있다는 거야. 아니마라고 하는데 그 여성상과 맞아 떨어질수록 사랑의 떨림으로 이끌린다는 거지. 여자도 마찬가지로 이상적인 남자상을 아니무스라 하는데 똑같은 현상이 벌어진다는 거야."

"결국 무의식에 있는 이상적 여인상이 사랑하는 여자를 선택하게 한다는 거니?"

"응, 맞아. 그래서 와일드하고 폭력적인 맹금류 같은 남자를 사랑해서 결혼한 여자가 그의 폭력을 피해 이혼을 해도 다시 사랑하는 남자는 비슷한 유형을 선택해 다시 결혼하게 되는 경우가 많아. 부드럽고 조용한 사슴형 남자와는 떨리는 가슴을 가질 수 없고, 사랑하는 마음이 뜨지 않기 때문이야. 그 여자의 무의식에 있는 아니무스가 그렇게 선택하게 만드는 거지."

"네 얘기 듣고 보니 내 친구 금자가 그런 예야. 그렇게 전 남편한테 얻어맞고도 정신 못 차리고 현 남편도 거친 남자를 선택했다고 바보 같다고 욕했는데 그런 이유가 있었구나."

"특히, 남자들은 첫사랑의 이미지를 버리지 못하고 첫사랑과 유사한 여자를 늘 찾는다고 말하잖아. 술집에 가서도 첫사랑이랑 비슷한 여자를 선택해 술시중을 받으며 좋아하거든. 바로 아니마가 그런 선택을 하게 하는 줄도 모르면서."

"네가 말하는 아니마, 아니무스를 안다고 운명이 달라지니?"

"그럼, 단 음식을 싫어하는 사람에게 끼니마다 단팥빵이나 사탕을 준다면 너무나 고역이지 않겠어. 자기의 아니마나 아니무스가 요구하는 사람과 만나고 결혼한다면 더 행복할 수 있다는 거야. 결혼뿐만 아니라 하는 일마다 안 된다는 사람이 있잖아. 그런 사람의 언행을 잘 살펴보면 일을 추진하는 과정에서 순리대로 일이 풀리지 않게 하는 생각이나 행동이 분명히 있어. 그는 의식적으로 말하고 행동하는 거지만 그 바탕에는 그런 말이나 행동을 하게 하는 무의식이 늘 도사리고 있는 거거든. 자신의 말이나 행동의 근본이 되는 무의식을 알고 이해한다면 그런 행동을 의식적으로 고칠 수 있는 실마리를 얻을 수 있다는 거야. 이렇게 무의식을 의식으로 떠오르게 해서 의식적으로 말과 행동을 고쳐야 인생이 바뀌는 거야."

"나 같은 평범한 사람도 자기의 무의식이 무엇인 지 알고 팔자를 고칠 수 있을까?"

"어렵게 생각하지 마. 자신에게 가장 문제가 되고 있는 것은 무엇인가 종이에 적거나 생각해 봐. 그런 후 그 이유는 무엇인가 또 생각해 보고. 그 이유가 친절이 부족하다던가, 놀기를 좋아한다던가, 귀찮게 여겨 하지 않는다던가, 끈기가 없다던가 등이 나오겠지. 그것들은 자신의 바탕을 만들고 있는 무의식에 그러한 요소가 많아서 그렇다고 생각하고 고쳐나가는 노력이 있으면 돼. 나의 무의식적인 요소를 추론해서 의식적으로 바꾸는 거지."

"나는 원래 그렇다며 포기하지 말라는 거지?"

"그런 셈이지. 자 그럼 누나의 가장 문제점은 무엇인지 같이 생각해볼까?"

"나의 문제점? 옷가지를 너무 사들인다는 거야. 나는 눈앞에 마음에 드는 옷가지를 보면 절제가 안돼. 앞뒤 없이 무조건 사거든. 그리고 감당 못하고 어려움을 겪어. 다시는 그러지 말자고 해도 옷가지를 보면 또 그렇게 하고. 방안에 앉아 있으면 옷가지들이 사고 싶어 안달이 나. 참다가 구경만 하자고 나가서는 또 사고를 치지. 나는 옷가지에 미친 여자야. 내 팔자가 이렇게 쪼그라 붙은 건 다 옷가지에 미친 내 자신 때문이라구."

"누나는 누나의 문제점을 너무 잘 아네."

"내가 아무리 생각과 행동이 온전치 못하다고 해도 그 정도를 모르겠니. 휴우, 문제는 옷가지를 사는 소비병이 고질병이 되어 고쳐지지 않는다는 거지."

"누나가 옷과 장신구를 사고 난 후 어려움을 많이 겪는다는 말을 엄마를 통해 많이 들었어. 왜 누나가 그런 행동을 할까 내가 분석해 봤는데 들어볼 거야?"

"네가 내 행동을 분석했다고?"

"응, 누나를 모델로 해서 소논문을 하나 써서 학회지에 발표했어. 물론 누나 이름을 밝힌 것은 아냐. 학문적으로는 용어들이 복잡하고 어려운 단어들이 많아서 누나에게 그 논문을 보여줘도 이해가 잘 안될 거야. 내가 쉽게 설명해 줄게. 무의식과 의식은

넘나들어. 무의식이 의식화되기도 하지만 반대로 의식들이 무의
식화 되어 숨는 경우도 있어. 무의식과 의식의 사이에 중간층이
있다는 말이 아니고 무의식과 의식이 서로 바뀌기도 한다는 거
야. 다시 말하면 의식이 무의식이 되기도 하고 무의식이 의식이
되기도 한다 이 말이야."

"의식, 무의식 여러 번 듣다보니 헷갈려. 그런 귀신 씨나락
까먹는 얘기는 생략하고 쉽게 내 얘기만 해봐."

"알았어. 누나는 어릴 때 누나의 엄마가 누나에게 옷을 예쁘
게 입히고 몸을 치장시켜 사람들 앞에 내세우기를 좋아했다는
거 알지?"

"그래, 엄마나 이모가 내가 예쁘게 입고 동네를 한바퀴 돌면
어른이나 아이들이 다 쳐다보고 칭찬했다고 한말 여러 번 들었
어. 사실 그런 꿈을 여러 번 꾸기도 했고."

"누나는 어릴 때 그 일이 생각나?"

"전혀 생각나지 않아. 아기 때였다니까. 내 기억에는 없지."

"누나의 그 기억들이 억압되어 무의식에 잠겨 있다가 기회가
닿는 대로 의식적인 행동을 하게 만드는 거야. 남자들에게 시시
때때로 돋아나는 성욕처럼 무의식은 기회가 생기는 대로 퉁겨져
일어나 의식적인 말이나 행동으로 나타나거든. 누나의 아기 때
기억은 무의식에 깊이 잠겨 있다가 누나로 하여금 옷가지에 관
심을 가지게 하고 소유하게 만드는 거야. 그래서 누나는 무의식
이 시키는 줄도 모르고 옷가지를 사들이는 거지."

"정말 그런 지도 몰라. 내 의지와는 상관없이 일이 벌어지는
경우가 많으니까. 의식 안에서라면 그렇게 옷가지를 사들이지 않

을텐데. 그 순간 미쳐서 아무 생각 없이 무조건 무의식적으로 사
거든."

"누나의 엄마도 옷을 보면 무척 좋아했다고 엄마가 말하고는
해. 아마도 누나의 기질과 같은 무의식에 그 같은 행동을 강화시
키는 유전적 요인과 같은 다른 요소들이 더 있을 거야. 누나 이
제 누나의 문제점이 무엇인지 알았으면 고쳐서 팔자를 바꿔야
지."

"하지만 내가 옷가지를 보고 안 살 수 있을까? 자신 없는데."

"당연히 쉽게 될 수는 없을 거야. 그러나 무의식 세계를 모르
는 것과 무의식의 세계를 의식 안에서 알았다는 것은 엄청난 차
이가 있어. 전에 그냥 옷가지를 사들였다면 이제부터는 무의식이
시켜서 노예처럼 종처럼 옷가지를 샀구나 생각하고 반성하면 차
츰차츰 고쳐지거나 전보다는 나아질 거야. 게으름이 자기의 무의
식 코드라고 판단해서 의식적으로 부지런해지려고 해도 지구의
중력처럼 무의식에 자꾸 끌어서 쉽게 고치기는 어려운 거야. 그
러나 게을러도 평탄한 삶이 유지된다면 고치려다 실패하고 고치
려다 실패해도 큰 어려움이 없겠지만 누나처럼 광적인 소비욕구
때문에 인생이 망가진다면 이를 악물고 무의식과 대결해서 이겨
야지."

"그렇게 하면 내 팔자가 달라질까?"

"누나의 옷가지를 벗어 던지면 달라질 걸."

"나, 나는 방안에 두고 온 옷 없이는 살 수 없겠는데. 너무나
허전해서."

"현실은 냉혹하잖아. 선택은 누나가 하는 거야. 누구도 도와

주기 힘들어."

"나이 사십이 넘어 옷 없이 무슨 낙으로 살까?"

"옷을 벗어 던지면 다른 낙이 찾아올 거야. 옷은 결국 육체를 감싸는 껍데기야. 껍데기를 벗어 던지면 속 알갱이로부터 우러나는 어떤 낙이 찾아올 테지."

"그 낙을 만나는 순간이 팔자를 바꾸는 순간일까?"

7

금화는 장의자를 찾아 앉는다. 주변을 둘러보니 나무들이 옷을 벗고 있다. 나무들은 옷을 벗고 잎 속에 감추었던 뼈와 살들을 보여주고 있다. 나무들이 간직하고 갖고 싶은 것은 나무의 뼈와 살인 저 가지들인가? 머물다 떨어져간 잎들은 어디로 흩어져 썩어가나? 나는 뼈와 살 같은 저 가지 같은 내 인생은 버려 두고 흩어져 썩어갈 옷가지에만 치중하며 살아왔나? 금화는 한동안 움직일 수가 없다. 장의자는 추위를 금화의 체온으로 따스히 데우고 그 데운 자신의 몸을 금화에게 전달한다.

8

밤에 화재 사건이 발생한다. 금화의 옷가지를 전부 태우고 불은 꺼진다.

9

금화는 화려한 쇼윈도우 속의 옷들을 흘려 바라보다가 가게 문을 힘차게 민다.

사랑과 균열

사랑과 균열

1

벌거벗은 남자가 승미의 차 뒤 트렁크를 탁탁 치고 있다. 브레이크 페달에서 엑셀레이터 페달로 발을 옮겨 차를 출발시키려던 승미는 룸밀러를 보고 깜짝 놀란다. 벌거벗은 남자가 뒤 트렁크 쪽에서 조수석 창문 쪽으로 걸어온다.

— 꿈도 아닌 대낮에 벌거벗은 남자라니. 미친 사람인가 봐.

급하게 다시 차를 출발시키려는데 벌거벗은 남자가 창문을 치며 소리지른다.

"13층 아줌마, 나 11층에 살던 귀로예요."

벌거벗은 남자가 차문을 열고 승미가 말할 사이도 없이 조수석에 앉는다.

"씨발, 뭐 구경났다고. 빨리 가요."

승미는 어안이 벙벙해져 창밖을 보니 구경꾼이 여럿이다.

"씨발, 빨리 가자니까요. 13층 아줌마 뭐 해요."

승미는 차를 몰아 골목을 빠져 나온다.

차를 길옆에 잠깐 세우고 웃옷을 벗어 벌거벗은 남자에게 준다. 작은 웃옷으로 가리기에는 남자의 몸이 너무 크다.

2

"워따메, 한 상 걸판지게 차려부렀네 잉."

"6층 아줌마, 이제 오시는겨. 어서 들어와요. 어서."

"근디. 오늘 무신 날이당가. 반상회에 무신 떡 벌어진 상이라니?"

"아이 아빠 오늘 생일이라. 음식하는 길에 조금 더 만들었어요."

"젊은 새댁이 요즘 사람 같지 않고 후덕하기 이를 데 없네. 살림 손끝도 야무지고. 참, 마누라 하나 잘 얻었지. 안 그래요? 5층 아줌마."

"참말 드문 여자여. 주변 훑어봐도 저만한 가정 주부 읎어."

"그려. 그려. 7층 젊은 새댁 칭찬 안 하는 사람 벨루 읎어."

"아이고, 오늘은 11층 할머니가 오셨네. 며느님 어디 가셨는감네."

"오늘 친정 제사가 있어 가셨대요."

"이제 웬만큼 온 것 같으니 식사하시죠. 4층이랑 8층은 일이 있어서 30분쯤 늦을 거라고 했고요. 13층은 늘 참석하지 않으니까 오늘도 올 리가 없어요."

"13층 여자는 뭐 하는 여잔디 그렇게 늦게 다니는가 몰러."

"내사 남이야 참견할 것 읊지만 그 여자 요상히 차려 입고 다니는 걸 보면 정상은 아녀보여 잉."

"아이참, 6층 아줌마도. 요상하긴 뭐가 요상해요. 13층 아줌마가 화려하긴 해도 세련되고 멋있는 구석이 많지요. 괜히 샘내는 말 하지말고 어서 먹기나 하셔요."

"이봐, 반장 아줌마. 내가 샘나서 하는 말만은 아니어. 솔직히 그 여자 옷차림 보고 있으면 위태해 보인당께. 안그려 잉. 먹는 게만 신경쓰덜 말고 대답 좀 해보드라고 잉."

"점잖은 입에 올리기 뭐 해 내 암말 안 하려고 했는디. 13층 여자 거 뭐 술집에 나가는 지 요사스러워 못 보겠데. 여름엔 가슴이 들여다 보이는 나신가 뭐신가에 핫빤스지 핫팬틴지 입고 나서는 걸 보면 보기가 민망스러워 내사 고개를 돌려 버린다니께. 어찌 그리 예의가 없데 그래."

"할머니, 요즘은 개성 시대래요. 젊은애들 노랑 머리, 파랑 머리, 빨강 머리 보통이고, 찢어진 청바지 질질 끌고 다니는데. 무르익은 삼십 대 여자의 풍만한 육체 좀 내놓고 다니는 거 욕먹을 일은 아니에요. 때로 시원해 보이기도 하고 모자랑 구두랑 잘 갖춰 입는 거 보면 안목이 부러운 걸요. 용기가 없고 돈이 없어 그렇지 그만큼 멋부리며 살고 싶지 않은 여자가 어디 있어요. 보는 눈이 시대에 맞춰 바뀌어야 살기가 편하데요."

"아유, 요번 반장은 안목이 탁 트였다니께. 사람은 역시 배우고 봐야혀. 그래도 대학물 먹었다고 그런 걸 다 이해하잖여. 나

두 십 년만 젊었으면 요 풍만한 젖가심을 흔들며 뾰족 구두 신
구 시내를 활보했을 낀데."

"5층 아줌마는 십 년 갖고 안돼요 삼십 년은 젊어야지. 아줌
마 오십대는요. 피구공이래요."

"50대가 뭔 피구공이랴?"

"젊은 학생들 편갈라 하는 피구 못 보셨어요? 공으로 상대편
을 맞춰 내쫓는 경긴데 거기서는 공을 맞으면 안되니까 공을 이
리저리 피하거든요. 50대 여자는 남자들이 서로 상대를 안 하려
고 이리저리 피한다고 해서 피구공이래요."

"그런 소리 말어. 누가 이리저리 피한다는 겨. 나두 메누리가
사준 꽃무늬 부라우스에 검은색 스판 바지 입고 노인정 가면 이
영감 저 영감이 흘낏거리며 아작도 몸매가 좋다고 침을 질질 홀
린다니께. 영 그런 소리 말어. 50대도 50대 나름인겨."

"듣자듣자 하니까 벨 소릴 다 하는구먼. 나이 육십이 다 되어
서 남자가 침을 질질 홀린다는 소리나 하구. 부끄러워해야 써.
그런 소리를 애들 앞에서 아무렇지도 않게 하니 예의가 무너지
지. 우리 교장 선생님이 그러시는데 육체는 정신을 담는 그릇이
구 말은 정신에서 나온 밥과 반찬이랬어. 흐트러진 옷차림이나
말은 다 그 사람 정신이 썩어서 밖으로 드러나는 게야. 다들 정
신 바짝 차리고 애들 단속도 하고 자기 자신 처신을 잘 해야 집
안이 서고 나라가 바로 서는 게야."

"하이고, 11층 할머니 연설 또 시작하시네. 할머니는 남편더
러 우리 교장 선생님이 뭐예요 그리고, 할아버지가 막내아들을
달달 볶으니까 가출했잖아요. 생선 가게 아저씨가 술 마시러 갔

다가 막내아들 보았다는데 머리는 붉은 색으로 염색하고 히피족
처럼 하고 와서는 고만고만한 또래들이랑 술 마시더래요. 술 취
해서 고래고래 소리지르고 시비 붙고 아주 가관이더래요. 시대
바뀌는 거 몇 사람 힘으로 막아지는 거 아니에요. 차라리 막내아
들을 폭넓게 이해하면서 그 좋아하시는 예의를 데리고 가르치셨
으면 그렇게 막 나가지는 않았을 거 아녜요. 일류로 정돈된 말보
다 삼류라도 좋은 실천이 더 가치 있다고 했어요."

"반장, 뭐 좀 안다고 너무 예의 없게 어른한테 훈계하는 거
아녀. 그려, 나도 인정혀. 막내 때문에 내사 고개를 못 들고 다닐
지경이니께. 그렇다고 나도 할 말 없는 거 아녀. 다 자식 농사
잘 짓는 거 아니잖여. 내사 아들 셋에 딸 둘 뒀는디 넷은 반듯
하게 키워서 사회 내 보냈고, 시집 장가 잘 보냈어. 걔들이 낳은
손자랑 손녀들 봤잖여. 인사 잘하고 예의 있는 거. 우리 교장 선
생님이나 내가 바라는 대로 자식 넷 잘 키웠고 손자 다섯 반듯
이 크고 있는데 막내 하나 때문에 젊은 댁에게 훈계나 들어야
옳은 겨. 그리고 내가 하는 말 뭐가 틀려. 자네들은 윗사람 좋은
말 듣기 싫어하면서 자기 자식에게 잘 되라는 말은 잘 하지. 그
런 마음가짐으로 살면 자식이 마음 속 다 알고 비웃는겨. 내가
그래도 하나는 실패했지만 넷은 반듯하게 키운 건 내 마음 속에
그런 썩은 마음 하나도 없이 키웠응께 성공한거여. 자네들 식이
라면 하나 성공하고 넷은 실패여."

"할머니, 할머니 말씀이 다 틀렸다는 것은 아니에요. 다섯 자
식 중에 넷을 잘 키우셨다는 거 인정하고 사람을 대할 때 예의
있고 마음을 깨끗이 하여 대하라는 말씀 너무나 옳아요. 저도 그

런 것 배우려고 해요. 하지만 젊은 사람이 할머니께 나름대로의
의견을 세워 말씀드리는 걸 예의가 없고 훈계한다고 생각하시는
것은 잘못이에요. 아랫사람도 옳은 의견이 있으면 당당하게 내세
워야 하고, 윗사람은 들어 주셔야 하는데 우리들은 그런 문화가
제대로 서 있질 못 해요. 무조건 아랫사람은 윗사람에게 예예 해
야 한다고 잘못 생각하고 있어요. 괜히 나서서 욕먹을 필요 없
고, 예의 없다는 말을 들을 필요 없다고 생각하다 보니 긍정적이
고 바람직한 방향으로 생각하려고도 말하려고도 하지 않아요. 사
람들이 모여서 대화하다보면 윗사람과 아랫사람은 늘 있게 마련
인데, 윗사람들의 의견만 있다 보니 반은 잃어버리잖아요. 그리
고, 젊은 사람들 예의 없고 다 마음 썩은 것 아니에요. 썩은 마
음으로 자식들 앞에서는 부모가 몇이나 되겠어요? 누구나 자식
이 바르게 크기를 바라니까요. 저희들이 썩은 마음으로 자식들을
대해서 오분의 사는 실패할 거라고 말씀하시는 것은 젊은 사람
들의 의식과 양심을 너무 얕보시는 거예요. 저희들도 야무지게
이 사회가 요구하는 자식으로 키우기 위해 지난 어머님들이 손
발 부르트도록 밤낮을 가리지 않고 일한 것처럼 직업 여성이나
전업 주부로 뛰고 있어요."

"요즘 자네들의 삶이 어찌 우리하고 비교가 되어. 우리 교장
선생님이 국민학교 아니 초등학교 선생님일 때는 월급이 작아서
다섯 남매 끼니랑 옷이랑 넉넉히 대본 적이 없었어. 그래도 우리
는 나은 편이였지. 내 친구들은 나물 뜯어다 죽 끓이거나 수제
비, 국수로 한 끼니 이상을 때우기도 어려웠어. 가까운 곳에는
땔나무가 없어서 멀리 산을 넘어 나무를 해다 땔감으로 써야 했

으니께. 새벽 닭 우는 소리에 깨서 밤이 이슥해서야 잠자리에 들어도 일감이 줄지 않고 산더미 같았으니께. 그런디 자네들은 입에 먹을거리가 떨어지나 입을거리가 떨어지나. 어떻게 우리네 삶과 비교를 하나."

"어릴 때 나두 찢어지게 가난한 집안에서 컸는디 잉. 먹는 거만 생각하면 지금이랑 천지차이가 나는디 지금이 더 행복하진 않어 잉. 왜 그럴까 잉?"

"상대적 소외감이 높아서 그래요."

"상대적 소외감이 뭐여?"

"다른 사람과 비교하여 내가 누리는 것이 적다고 여기면서 불평불만이 생기고 그것이 불행으로 이어지는 느낌이에요. 먹고 입고 자는 환경이 옛날보다 좋아졌어도 훨씬 잘 사는 다른 사람들의 모습을 주변이나 텔레비전에서 보고 자기는 불행하다고 생각하는 거지요."

"옳은 말이여. 아이들 아버지 저 세상 가고 애들 키우느라 뼛골 빠지게 일할 때는 내 힘으로 애들 키우는 거 자랑시럽고 좋았는디. 애들 결혼하고 혼자 있으니께 일은 읎어도 고시랑고시랑 재밌게 사는 늙은 부부들 보면 부럽고 이날 이 때꺼정 한 것이 뭔가 싶고 이룬 게 뭐 있나 싶어 자꾸만 가슴이 시려온다니께."

"그래서 5층 아줌마 시린 가슴 메꾸실려고 경로당에 쪽 빼입고 가시나봐요."

"젊은 새닥이야 밤마다 남편이 힘쓸테니 무신 딴 생각이 있겄어. 30년 수절두 부질없고 외로워 죽겄다니께. 우디 좋은 디 있으면 중신이나 들어. 내 한 턱 쓸테니께."

"수절 30년이면 인방아 찧는 것도 다 잊어삐렸을 낀디 웬 사내타령이람. 5층 아줌마 시집간다면 자식들이 가만있지 않을 낀디."

"인방아 찧던 거 안 잊어 버렸어. 그 좋은 걸 어찌 잊을까. 30년간 꼭꼭 뭉쳐 모았으니께 내 임자 만나 힘쓰는 날 이 아파트 무너질 거니께 기대하라구."

"그 걸진 입 좀 다물어. 부끄러운 줄을 모르고. 젊은것들이나 나이든 것들이나 문제가 너무 많어. 잘먹어 두룩두룩 찐 살 뺀답시고 헬스장이다, 수영장이다, 에어로빅이다, 싸우나다 싸돌아 다니는 것 보면 한심해서 이 가슴 억장이 다 무너져. 고생하는 남편 등골 빼먹는 게지. 쎄일한다고 썰데 없이 필요하지도 않은 물건 구경한답시고 돌아치다가 싸다고 한아름 사오는 예편네 보고 있자면 걱정으로 밤잠이 안 와."

"할머니 오늘 말문 터지셨네. 지금 메누님 욕하시는거쥬. 내가 메누님 만나면 할머니가 메누리 헬스장 다니고, 백화점에 다니며 낭비한다며 동네방네 욕하고 다니신다고 일러버릴거유."

"내가 틀린 말했는감. 메누리가 직장에 나가는 것도 아닌데 자가용을 사고, 번드르르 하게 차려입고 나댕기는 거 보면 하루 쬥일 일하다 파김치되어 돌아오는 아들 고생하는 거 생각나 가끔 먼 하늘보고 눈물을 닦는다니께."

"현주 엄마 좋은 며느님이에요. 요즘 시부모 모시지 않으려고 별짓 다하는 거 아시잖아요. 오죽하면 부모들도 자식 눈치보며 식모사느니 따로 독립해 산다고 하시겠어요. 그런 세상에 현주 엄마 너무 똑부러져 까탈스런 시부모님 모시는 거 밖으로 드러내놓고 불평하는 거 한 번도 못 보았어요. 같이 시장 보러 가면 이건 아버님이 좋아하시는 건데, 이건 어머님이 좋아하시는 건데 하며 남편이나 자기 좋아하는 건 집어도 안 보던 걸요. 자가용으로 현주 엄마 드라이브나 하고 놀러 다니는 데 쓰는 경우는 거의 없잖아요. 고3 아들 새벽에 학원 데려다 주고 한밤중 데려오고, 고1 딸 학원 실어다 주고 데려오고, 시장보러 가고, 시부모님 병원 모시고 가느라 쓰는 거잖아요. 현주 아버지 회사에 젊고 예쁜 여자들이 많아서 비교가 되고, 나잇살 찐 것 남편에게 보이기 싫어 동네에서 제일 싼 3개월에 6만 원하는 후줄근한 헬쓰 크럽에 나가서 운동하고 스트레스 풀면서 시부모님께 미안해하고, 일 년에 두서너 번 백화점 세일할 때 시장보다 좋아보이면서도 값이 싸거나 좀 비싸도 좋아 보이는 물건 여러 번 집었다 놓으며 망설이다 사 오는 걸 보면 현주 엄마 욕먹을 일 없어요. 어쩌면 현주 엄마가 며느리 노릇하랴, 고3 고1 엄마 노릇하랴, 아내 노릇하랴, 가정 살림 꾸리랴, 집안 대소사에 참여하랴 새벽부터 밤 늦게까지 다부지게 집안 정리하고 단속하는 거 현주 아버지보다 더 많이 일하는 것일 수 있어요. 한 번 현주 아버지보고 하루만이라도 현주 엄마 일 새벽부터 밤늦게까지 해보라고 해 보세요. 온갖 궂은 일 하고도 일한 대가는 고작 칭찬 몇 마디나 불평이 다인 잡다한 일거리를 절대 하려고 하지 않을 거예요. 며느님을 따님처럼 생각하고 찬찬히 생각해 보셔요. 며느님이 고마울 거예요. 며느님이 고마우면 살갑게 대하게 되고, 그러면 할머니 마음이 편하고, 편한 시어머니 대하는 며느리 즐겁고, 온통 집안이 활짝 펼 거예요."

"반장님 입 아프겠네. 이제 그만 하고 매운탕 좀 먹어봐. 새
닥 이 메기 어디서 났디야?"
"애기 아빠가 낚시로 잡아왔어요."
"이 크고 맛있는 걸 낚시로. 재주도 좋네요 잉."
"메기가 정력에도 좋담서."
"아, 그래유. 그렇담 내사 많이 먹어야 쓰겠네유."
"할머니도 어서 드셔요"

3

"13층 아줌마, 나 좀 방에 데려다 줘요."
"옷은 어쩌고 다 큰 청년이 벌거벗고 다녀?"
"씨발, 애기는 나중에 할 테니까. 내 방에 데려다 줘요."
"씨발이 뭐야. 말 곱게 안 하려면 차에서 내려!"
"쪽 팔리네. 알았어요 내 방 여기서 가까워요. 거기까지만 차
태워 줘요."
승미는 자기의 웃옷으로 허리 아래를 가리고 있는 젊은 남자
를 보자 웃음이 나온다.
'11층 막내아들이 개망나니 같다더니 이 녀석이었군. 인물은
수려하네. 몸매도 대리석을 깎아놓은 것 같아.'
"쪽 팔리게 왜 그렇게 훑어 봐요. 아, 빨리 방에 가자니까요."
승미는 귀로가 원하는 대로 차를 몰아 골목골목을 돈다. 좁은
미로 같은 골목을 가깝다는 귀로의 말과는 다르게 한참을 돌아

판자집들이 다닥다닥 붙어 있는 언덕길에서 귀로는 차를 세우게
한다.

"13층 아줌마, 저 파란 대문 보이죠. 그 대문 안으로 들어가
왼쪽으로 돌아가면 방들이 죽 붙어 있는데 제일 끝 방이 내방이
에요. 거기서 내 옷 좀 가져다 주세요."

─ 얼굴이 전혀 망가지지 않았어. 잘 손질하면 모델로 내놔도
괜찮겠는데. 구부리고 앉았는데도 쭉 빠진 몸매가 감춰지질 않
아. 참 드문 몸이야.

"13층 아줌마, 그만 쳐다보고 빨리 좀 갔다 와요. 여기 내 동
네라 아는 사람 만나면 진짜 얼굴 구겨진다니까요."

"그걸 아는 사람이 그러고 다녀."

승미가 대문을 밀자 기다렸다는 듯이 스르르 열린다. 귀로의
방으로 여겨지는 방문을 열고 들여다본다. 깨끗하게 정돈되어 있
다. 들어가서 가져다 줄 옷을 옷걸이에서 떼어내려는데 방문이
확 열리며 귀로가 들어온다. 벌거벗은 채로 승미의 옷을 구석으
로 던진다.

"13층 아줌마, 잠깐만 가만히 있어요."

귀로가 돌아서는 승미의 어깨를 잡아 거칠게 껴안는다. 승미
는 짜릿한 쾌감의 줄기가 산맥처럼 등줄기를 타고 흐르는 걸 느
낀다. 잘 빠진 육체의 감탄으로 인해 이어지는 감흥이다. 귀로의
감정은 복잡하다. 포근함과 따사로움과 격정의 파동으로 심장 박
동이 용수철처럼 튀어 올랐다 내렸다 한다.

─ 이 날을 얼마나 꿈꾸었던가.

─ 거절하고 야단쳐야 하는데.

승미는 몸을 빼려고 잡힌 어깨를 흔들어 본다. 두 팔이 앞으로 모아져 있는 데다 키 큰 귀로의 가슴에 꽉 안겨 있어서 움직일 수가 없다.

"13층 아줌마, 나 여자 없어서 이러는 거 아녜요. 나 진짜 아줌마가 첫사랑이에요. 아줌마가 하지 말라고 하면 안 할 거니까 그냥 이렇게 있어요."

"이름이 귀로라고 했지. 귀로야 이러면 안돼."

"제발 그 꼰대 같은 말 그만하고 가만히 입 다물고 있어 줘요. 나도 나이가 스무 살이에요. 성인이라고요."

승미는 귀로의 감정을 상하지 않게 하는 것이 좋겠다는 판단을 한다. 젊은 아이의 품에 들어 있는 자신이 놀랄 정도로 싱그러워져 느낌을 즐기기로 한다. 30대 중반의 여자로서 남자와의 육체 관계는 특별한 사람과의 대화라는 평소의 생각대로 이 순간을 누리기로 한다. 젊은 아이 유혹해 망가지게 하는 것도 아닌데 죄책감 느낄 것 있나 싶다.

"13층 아줌마, 나 중학교 2학년 때 아줌마 우리 아파트로 이사왔어요. 이사오던 날 아줌마 흰 면티 입고 있었는데 그 속에 까만 브래지어했었죠. 이삿짐 지시하느라 손짓하고 있던 아줌마를 본 그 날부터 자위 행위를 했어요. 씨발, 더럽게 잊혀지지 않았어요. 눈만 뜨면 아줌마 얼굴이 생각나고 책만 잡으면 아줌마 까만 브래지어가 떠오르고 그 속에 있을 젖가슴이 상상됐어요. 공부는 점점 뒷전이고 아버지 엄마 잔소리는 늘고 지옥이 따로 없었지요. 여자들 브래지어 속에 손도 많이 넣어 보고 싸움질도 많이 했어요. 다 아줌마 잊으려는 몸부림이었다고요. 아줌마 이혼했죠. 그때는 희망이 있어 보였어요. 공부를 해서 취직하고 아줌마에게 청혼하려고 했어요. 내 방 창문에서 보면 아줌마 오는 게 보여요. 아줌마 들어올 때까지 공부하며 기다렸어요. 진짜 마음잡고 공부하려고 했는데 고2 때 아줌마한테 놈팽이가 생겼어요. 아줌마를 데리러 오거나 데려다 주는 걸 봤어요. 밤늦게 차 안에서 껴안고 키스하는 것도 봤어요. 씨발, 그 때 다 죽이고 나도 죽고 싶었죠. 그 날 아버지와 엄마 지갑을 들고 집 나왔어요. 집 나온 날부터 막 닥치는 대로 살았어요. 술집에서 웨이터도 하고, 소매치기도 하고, 양아치와 어울려 술 마시고, 싸우고, 욕하고 되는 대로 하루 하루를 살았어요. 아줌마 잊혀지는 날부터 새 삶을 살자고 거칠게 살았죠. 사랑엔 다른 사람과의 사랑이 약이라고 선배가 얘기해서 여자를 닥치는 대로 사귀었어요. 이제 조금 잊을 만하다고 생각하며 사우나 탈의실에서 창문을 열었는데 아줌마가 차안으로 들어가는 거예요. 마지막 기회다 싶어 옷이고 수건이고 챙겨들 새도 없이 뛰어 나온 거예요.”

승미는 귀로의 넋두리를 듣자 귀로가 귀엽고 예쁘게 느껴진다. 점점 남자라는 느낌은 사라지고, 자식 같은 모성애가 느껴지면서 마음이 편안해진다.

“13층 아줌마, 나 아줌마 젖 한 번만 만져봐도 돼요?”

승미가 대답을 하지 않자 귀로는 오른 팔을 풀어 승미의 블라우스 단추를 풀고 브래지어 속으로 조심스럽게 손을 밀어 넣는다. 승미는 가만히 있는다. 숨소리가 거칠어지지 않는다. 귀로를 남자로 느끼던 신경들이 경계를 넘어 아이에게 젖을 맡긴 엄마의 신경이 되고 있다. 귀로가 왼손을 풀어 블라우스의 마지막

단추까지 풀고 브래지어를 위로 올린 후 젖을 빤다. 승미는 귀로
의 머리카락을 부드럽게 만져 준다. 귀로의 격한 숨소리가 점점
평온해지고 있다.

4

"5층 아줌마, 오늘은 더 이쁘구먼. 나랑 데이트 할랑가."

"5층 아줌마 이름이 애자랬지. 애자씨, 내 맛있는 거 사줄 테
니 나갑시다."

애자는 고스톱을 치다가 농을 하는 김영감과 박영감의 말에
는 대꾸를 하지 않고 장기를 두고 있는 귀로의 아버지 옆에 가
앉는다.

"교장 선상님, 오랜만에 나오셨네유."

"날씨가 흐려 산책하기도 그렇고, 집에 앉았자니 할망구 잔소
리 귀찮고, 갈 데도 마뜩치 않아 장영감하고 장기나 두려고 들렀
습니다."

"교장 선상님, 시간을 쬐끔만 내주실래유."

"나 지금 교장 아니에요. 정년한 지 5년이나 됐어요. 이제는
교장이라 불릴 자격이 없습니다."

"그람 전 교장 선상님, 저 의논할 게 있어서 그래요. 오늘 지
가 저녁 살테니께 시간 좀 내주셔유."

"5층 아줌마, 천교장 좋아하나? 천교장 안 나오시냐고 올 때
마다 묻더니 이제는 데이트 신청까지 하는구만."

"아녀유. 자식 땜에 그러는구만요."

"왜요. 자식한테 무슨 일 생겼어요?"

"여기서 말하기는 곤란하고. 나가서 말씸드릴께요. 오늘 시간을 꼭 좀 내주셔야겠써유. 지 주변에 의논할 사람이 읎고, 오랫동안 선상님이셨으니께 지 말 좀 들어주셔야 쓰것써요."

천성칠은 장기판에 두었던 눈을 거둬 애자의 간절한 얼굴을 보다가 장기를 거둔다.

"조만간에 우리 아파트에 연애 사건 터지겠구만그랴."

"나무 심은 눔 따로 있고, 과실 따 먹는 눔 따로 있다니께. 애자씨한테 공들인 눔은 난데. 사나이 가슴을 몰라 준다니께."

"사설 그만하고 자네 칠 차롄께 빨리 화투장이나 내려놓아. 고돌이 비상걸렸어."

푸짐한 가슴과 엉덩이를 조심스럽게 차안에 넣은 애자가 의자에 앉자 성칠은 시동을 건다.

"그래 의논할 게 뭐요?"

"남들이 이상하게 오해할까봐 자식은 핑계루 댄거구요. 사실은 제 얘기구먼요."

"애자씨한테 무슨 일이 있길래요? 편하게 말씀해 보셔요."

"저녁 드시면서 들어두 늦지 않어유. 지가 봐 논 식당이 있구먼요."

깨끗한 한식당에 마주 앉자 애자는 술을 자꾸 권한다. 애자는 벌써 많이 취해 있다.

"어허, 이거 술 취해서 얘기 들어주기도 어렵겠습니다. 술은 그만 권하고. 그래 의논할 것이 뭡니까?"

"지가요. 30년 수절하며 살았써유. 아둥바둥 애들 키우느라 손발 굳은살 풀릴 날 읎었쥬. 그런디 애들 장가가고 시집가니께 마음이 허전하네유. 전에는 아들눔하고 손자 손녀 재롱보며 살 줄 알았써유. 그런디 며느리감 우리 집에 와서 자던 날 과일 깎어 갖구 들어가려다 둘이 대화하는 거 듣던 날부텀 이 가심 채울 길이 읎어유. 둘이 나랑 살구 싶지 않다고 하데유. 교양읎구, 지저분하구, 씰데 없는 수다만 있는 노인네하고 살기 싫다는 말을 듣구부터 30년 수절이 다 부질없다는 생각이 들었슈. 자식이랑 처음부터 마음 넓은 체하며 분가시키고 지저분하단 말에 한이 맺혀 머리 파마두 하구 옷두 사서 입었구만유. 그래도 마음 허전한 게 가시질 않어유."

"애자씨만 그렇게 사는 게 아닙니다. 시대가 변한다는 건 사람의 마음이나 행동이 변한다는 겁니다. 시대의 흐름 따라 즉, 시대에 형성된 환경 따라 사람의 마음이나 행동이 결정되기 때문에 전에 태어난 사람과 후에 태어난 사람의 마음이나 행동이 같을 수가 없어요. 아들이나 며느리의 인간성이 나빠서가 아니에요. 구속받기 싫어하고 자유롭게 살고 싶은 인간으로서 인내하며 부모에게 봉양하라는 가치관이 붕괴되는 시대에 부모를 모시지 않으려는 것은 자연스러운 발상이죠. 그런 면에서 아들 며느리의 수발을 받고 사는 나야 운이 좋은 편이지만. 30년 수절도 다 애자씨가 가치 있다고 생각해서 한 것이니 자식이나 사회로부터 보상을 바라지 말아요. 사실 이 사회를 위해 가치 있게 산 것은 분명하고 보상을 받아야 하지만 주지 않는 보상을 바라고 있으면 불평이 많아지고 원망이 짙어져서 자기만 불행해집니다. 아직 건강하고 고운 자태도 남아 있으니 좋은 혼처 있으면 재혼하세요."

"지는 천선상님이 하는 말 어려워서 못 알아들어요. 배운 거라군 초등핵교가 다 인걸유. 그런 어려운 말은 모르겠구. 이제 지난 날 그렇게 뼈빠지게 일만 하다 산 게 억울해서라두 재미나게 살구 싶어유. 지가 좋아하는 사람 있다믄 만나서 아끼느라고 못 먹었던 음식을 같이 맛있게 먹고, 아까워서 못 가봤던 풍경을 함께 보구 싶어유. 이 눈에 흙 들어가고 이 몸 썩으면 다 무신 소용 있나. 다 부질없어유. 다 소용없다니께. 자 한 잔 하셔유. 지 술 많이 챘쥬."

"애자씨 술 취해서 얼굴 붉은 거 보니까 아직 많이 젊어 보여요. 어디 좋은 혼처 있으면 시집가요. 좋은 인연 만나 그동안 못 먹어 본 음식이나 못 가본 명승지에 가봐요. 30년 수절이 이렇게 억울한데 더 수절하다가는 죽을 때 눈이나 감겠습니까? 어, 나도 술이 취하네. 애자씨 한 잔 더 해요."

"지 이제 수절 안 할 꺼여요. 애들 아부지도 할 만큼 했다구 수절 안 지켜두 이해할 꺼구면유. 나중에 죽어서 뺏뻣이 얼굴 들고 말할 수 있써요 할 만큼 했으니께. 애들 낳아 놓고 병들어 가버린 당신보다는 많이 했으니께 도리어 고맙다구 말하라구 할 꺼구면요. 아유 술이 떨어졌네유. 아줌마, 여기 매취술 3병 더 가져와유."

"오랜만에 기분이 좋습니다. 그래 수절하지 않겠다는 말하려고 이 시간 마련한 겁니까?"

"요점은 지금부텀여요. 용기가 읎어서 말을 못 했었는디. 차

암, 지가 술 취해서 이러는 거 아니구요. 사실 지가 요즘 좋아하
는 사람이 생겼구먼요. 사랑이 뭔지도 모르고 잠깐 같이 살다간
남편에 대한 느낌하고는 비교두 할 수 없을 만큼 좋아하는 사람
이 생겼써유. 그 사람만 생각하면 웃음이 슬슬 나오고, 마음이
붕 뜨고, 잠도 안 오고."

"허, 애자씨한테 애인이 생겼어요. 그래 그게 누굽니까?"

"술 한 잔 더 받으셔유. 아유우 술이 꽉 찬내벼유. 숨을 쉬기
가 어렵네. 어유우 더워라. 지 겉옷 벗어두 돼쥬. 아유우 어지러
워라."

옷을 벗어 걸으려던 애자가 비틀거리며 성칠을 향해 쓰러진다.

일어나 잡아주려고 무릎을 세운 성칠의 목을 꼭 끌어 안으며
애자가 숨소리를 높인다.

"지가 선상님을 무지 존경하며 사랑혀요. 후우 후우 선상님을
위해서라면 자식에게 하던 정성 다할 수 있어유. 후우 후우 선상
님이 먼 곳에서 걸어와도 지는 두근거리는 가심을 어쩔 수가 없
어유. 후유 후우 병나서 가버린 서방은 잡을 수가 없었지만 휴우
후우 이제 선상님을 서방님으로 모실래유. 이제 놓칠 수 없어 절
대루. 퓨우 푸우 지를 받아주셔유. 퓨우 푸우 푸우"

애자는 성칠의 목을 껴안고 볼을 부비다 입을 맞춘다. 성칠은
오랜만에 아랫도리가 불끈 솟는다.

애자가 성칠의 목에서 손을 떼고 돌아앉아 블라우스의 단추
를 풀어 벗는다. 등으로 손을 돌려 브래지어를 벗는다. 성칠을
향해 무릎을 꿇고 두 손으로 가슴을 받쳐든다.

"선상님, 저 아직 가심 쓸만해유. 퓨우 푸우 이렇게 탱탱하잖

아요. 후우 후우 선상님을 오래도록 사모해왔구먼요. 퓨우 푸우 후우."

애자는 무릎 걸음으로 다가와 성칠의 눈앞에 가슴을 모은다. 성칠은 거대하고 풍요로운 두 산봉우리가 자기를 향해 세워져 있는 것을 본다. 성칠은 아랫도리가 빳빳해지는 젊음이 감격스럽다. 성칠은 두 손으로 거대한 산을 받쳐들고 거칠게 산정을 빨아댄다. 산의 정기를 모으기 위해 산혈을 뽑아낼 듯 한참을 빨아댄다. 애자의 거친 숨소리가 온 방안에 메아리가 되어 환희롭게 떠돈다.

5

"아아아너무좋아더아래쪽아아그래거기기가막혀미쳐정말미치겠어아아아더이상못참아아아아나할거야아아아악……아아아"

귀로는 입술을 손으로 닦으며 승미의 배 위로 올라 프렌치 키스를 한다. 한 번 희열을 맛본 후 타는 갈증으로 승미는 귀로의 침을 빨아 들여 삼킨다. 귀로는 승미가 이끄는 대로 혀와 입술을 움직인다.

"아줌마는 변신의 명수야. 어떤 때는 엄마이고, 어떤 때는 소녀이고, 지금은 몸으로 죽여줘야 할 애인이야."

귀로는 승미의 몸 안 길로 미끄러져 들어가며, 입술로 귀를 간지르며 말한다.

"금방 할 것 같지. 엄지발가락에 힘주고 참아봐. 딴 생각하거나 나에게 말을 걸어도 좋고. 남자나 여자나 섹스 기교도 능력이야."

"나 쌀 것 같아. 참기가 힘들어. 으음ㅁ ㅁ ㅁ, 아, 참았다."

"어머, 잘 참아내네. 우리 귀로 여러 여자 울리겠다. 그래그래 천천히 절정이 되기 전 90%에서 95%에서 즐기는 게 최고야. 그 상태를 최대껏 연장하는 게 섹스의 묘미야. 아아너무좋아기가막혀아아……"

승미와 귀로는 탈진한 듯 팔다리를 얽고 한동안 말이 없다.

"그래 모델이 적성에 맞을 것 같아?"

"워킹이 힘들어. 잠깐 무대에서 걷기 위해 그 많은 시간을 걷는 연습을 해야 하니까. 학원에서나 집에서 틈만 나면 워킹 연습을 해. 까불 때 팔자 걸음 걷던 버릇 잡기가 힘들어."

"귀로 귀공자 다 되가네. 이제 씨발이란 욕도 안하고."

"에이 쪽 팔리게. 지난 얘기는 왜 꺼내. 무대 매너를 배우니까 그렇지. 나 모델이 적성에 맞나봐. 어려운 일 있어도 아줌마만 옆에 있어 주면 나 잘할 수 있어. 그까짓 걷고 교양 있게 말하는 거 밤새워 가면서 연습할 수 있어."

"귀로야, 너는 내가 왜 좋으니?"

"처음엔 하얀 티에 까만 브래지어가 아줌마 이미지였는데, 지금은 그런 것도 아냐. 그냥 좋아. 눈 밑의 주름도 삶의 지혜의 텃밭으로 보이는 걸."

"아하하하, 삶의 지혜의 텃밭! 애 좀 봐. 애 많이 유식해졌네. 너야말로 변신의 명수다 애."

"에이, 쑥쓰럽게. 책에서 봤는데 멋있어서 외운 거야. 자꾸 그렇게 놀리면 나 입다물어 버릴 거야."

"놀리는 게 아니고 네가 삶에 대해 싱싱해진 게 보기 좋아서 그러는 거야."

"그런데 아줌마는 왜 이혼했어."

"나는 사랑에 빠지면 앞뒤를 못 가리고 열정에 빠져 버려. 큰 장점이며 단점이야. 사람을 사랑해도 그렇고 일을 사랑해도 그래."

"그럼 남편을 열정적으로 사랑해서 결혼했을 텐데 왜 이혼을 했어."

"남편을 지독하게 사랑했어. 보는 순간 반했거든. 어느 날 하루라도 못 보니 차라리 죽는 게 나을 것 같아 짐싸들고 남편 집으로 들어갔어. 다니던 산업디자인과를 그만 두고. 시댁은 층층시하였어. 시어머니와 시아버지, 시할머니, 시증조할머니에 시동생 둘과 시누이 둘 모두 8명이나 되었어. 층층시하를 견디기도 어려운데 문제는 남편과의 갈등이었어. 밖에서 다정하고 자상하던 남편이 집안에서는 호랑이가 되는 거야. 층층시하에 어디 마음 붙일 곳이 없어 어려워 죽겠는데 남편까지 눈을 흡뜨고 명령하니 죽을 맛이었어. 갈등의 연속이었는데 아이가 생긴 거야. 잘 살아야 한다고 새벽에 일어나 밤늦게까지 청소하고, 밥하고, 빨래하고, 시장보고, 사람들 비위 맞추려고 발버둥쳤지. 돌아보면 급류를 타는 삶이었어. 눈뜨면 갈등하다 밥하고, 고민하다 청소하고, 울다가 빨래했지. 나 하나 희생하면 집안 식구 9명 편안하게 지낼 수 있다고 생각하면 힘이 나기도 하고, 아이 크는 것 보면서 참을 수 있었어. 그런데 가장 큰 어려움이 무엇이었는 줄 아니?"

"시어머니 잔소리였겠지. 우리 엄마 왕잔소리 생각하면 지금도 끔찍하니까."

"아니. 남편과의 잠자리였어. 나 밝힘증이 있나봐. 하하. 몰입하면 신음이 저절로 나오고 말을 하게 되는데 남편이 눈을 부라리며 창녀 같다는 거야. 입을 막으면서 정숙하지 못하다는 거야. 나무토막처럼 가만히 있다가 열이 오르면 남편의 구박을 까마득히 잊고 또 신음하고 소리지르는 거야. 급기야 남편이 잠자리를 피하기 시작했어."

"남편이 섹스를 안 해줘서 이혼한 거야?"

"바보, 한국 여자가 남편이 잠자리 안 해준다고 이혼한다면 몇 집이나 남아나겠니. 그런 건 한국 여자들 다 참고 살아. 집안일에 적응이 되고, 남편과의 잠자리에 대한 불만을 해소하려고 양재 학원에 등록했어. 처음에는 옷감 사면 딸, 시어머니, 시할머니, 시누이들 내가 옷 만들어 주면 모양나게 입고 돈도 절약되겠다 싶어 시작했지. 그러다 일에 미친 거야. 밤새워 본뜨고, 마름질하고, 박음질하고, 수놓다가 밥하는 시간을 놓치기도 하고 빨래가 밀리자 남편과 말다툼을 했어. 남편이 뺨을 때리더라. 그때 알았어. 남편에 대한 사랑이 다 식고 선택에 대한 책임과 의무만 남아 있다는 것을 말야. 그래도 참으며 살았다. 참 바보 같지."

"듣다 보니 아줌마 멍청하고 바보 같은 구석이 많으네."

"귀로야, 모양새는 달라도 대부분의 여자들이 그렇게 하루하루 가정이라는 감옥에서 그럭저럭 늙어가. 빠삐용이라는 영화 봤지. 빠삐용이 탈출을 시도해 자유를 얻잖아. 우리 주변의 여자들이 자유를 찾아 가정 내에서나 가정 밖에서 누리기엔 빠삐용 같은 용기나 부단한 노력이 필요한데 그냥 그렇게 사는 것이 여자의 삶이지 뭐 하며 하루하루 살게 돼. 나도 그랬으니까. 마음 안에 폭탄을 품고 살았어. 아이가 죽지 않았다면 나도 그렇게 살았을 거야. 눈암에 걸려 아이가 죽어갈 때 남편은 아픈 마음을 술로 풀었어. 힘겨워 하는 나에게 짜증이나 내면서. 나는 아이 곁에서 손잡고 날마다 울었는데. 싫더라. 이게 내 삶일 수 없다는 생각이 들더라. 아이가 죽자 나는 이혼을 요구했어. 남편이 이혼을 해주지 않아 하루는 용기를 냈지. 야구 방망이를 사 가지고 들어가 집안의 집기를 다 부숴 버렸어. 금방 이혼을 해주데. 아파트를 주고 챙피하다며 이사 가 버리더라. 이혼하면서 다시는 결혼하지 않겠다고 맹세했어."

"정말 나랑도 결혼 안 할 거야?"

"너랑? 글쎄. 사람의 삶이 시대에 따라 변하듯이 상황에 따라 결심도 변하니까 네가 내 삶의 중심부라고 느낄 만큼 사랑하게 되면 가능할 지도 모르지."

"아줌마는 이제 디자이너로 유명해져 가고 있는데 계속 이 일을 할거야."

"10년 패션 디자인에 몰두하다보니 이제 주변에서 알아주기 시작하더라. 어떤 일이든지 크게 이루려면 30년이 걸린다고 봐. 적어도 앞으로 20년은 이 일에 매달릴 거야. 귀로는 유명한 모델이 되고, 나는 유명한 패션 디자이너가 되면 우리는 좋은 단짝이 될 테지. 나는 너에게 어울릴 만한 옷을 만들어 계속 입힐 거야. 기대해 봐. 꿈속에서도 너에게 입힐 옷을 디자인하느라 잠을 설치고 있으니까. 너 요번에 처음 패션 모델로 진출하잖아. 사람들이 깜짝 놀랄 작품을 준비중이야. 네가 내 곁에 있으면 나도 좋은 작품을 많이 만들 수 있어. 남녀의 가장 이상적인 만남이란 사랑과 일을 동시에 이룰 수 있는 커플 아닐까? 일을 함께 하거나 따로 하거나 상관없이 사랑으로 힘이 되어 줄 때 이상적인 커플이 될 거야."

"우리가 그런 커플이 될 수 있을까?"

"지금 진행 중이잖아."

"나는 아줌마하고 결혼하고 싶어."

"잡힌 고기에게는 미끼를 주지 않는다고 전의 나처럼 결혼이 애정의 물꼬를 막는 경우도 있으니 소유욕으로 결혼하는 건 불행의 시초야. 결혼할 것인가 말 것인가에 연연하지 말고 마주보며 순간 순간을 사랑하고 행동으로 옮기는 것이 중요해."

"차안에서 키스하던 남자는 순간 순간 사랑한 남자야?"

"그 사람하고는 결혼을 생각했었어."

"그런데 왜 헤어졌어?"

"결혼 허락 받으러 남자쪽 집에 갔다가 전 남편과 비슷한 권위의식과 행동을 보고 기겁을 했어. 끔찍하더라. 한 번은 실수지만 두 번은 실패라는 생각에 인사하고 나와버렸어."

"하지만, 이제부터 아줌마가 다른 남자와 자는 것은 용서 못해."

"나는 귀로의 소유가 아니야."

"그럼 아줌마는 다른 남자와 사귈 수 있다는 거야? 다른 남자와 키스하고 섹스할 수 있다는 거야?"

"그건 귀로도 장담 못하지. 내가 성을 즐기겠다는 것은 여러 남자와 성애를 돌아가며 즐기겠다는 것이 아니야. 내가 선택한 디자인 일에 30년을 투신하겠다는 것처럼 나에게 맞는 남자가 있어 그를 선택해 사랑하고 그 또한 나를 진실로 사랑한다면, 일처럼 30년 이상 사랑하며 그와 성을 즐기겠다는 거야. 지금의 나는 너에게 만족하고 있어. 일처럼 사랑도 창의력이 필요한 거야. 성에 있어서 새로워지려고 노력하고 행동으로 옮기는 한 우리는 아주 오래 좋은 커플이 될 거야."

"나는 이제 아줌마를 절대 놓치지 않아."

귀로는 승미의 유두를 입안에 넣어 빨다가 입술을 승미가 가장 좋아하는 민감한 부위로 옮겨 간다.

"아아아너무좋아아아나미칠것같아아아그래거기아아기가막혀너무좋아아아미쳐정말미치겠어아아아너는나의보석이야아아너는나의인생이야아아……아아아"

6

"어머님, 잣죽이예요. 어서 일어나셔서 드셔보셔요."

"생각 읎어. 안 먹을랜다."

"이렇게 안 드시다간 큰일나세요."

며느리는 시어머니의 목뒤로 팔을 넣어 일으키어 앉게 한다.

"내가 먹을 테니 에미는 나가 있어."

천성칠의 안사람은 무릎걸음으로 옷장으로 가 옷장문을 연다.

이불이 쌓인 틈에 손을 넣어 까만 비닐봉지를 꺼낸다. 까만 봉지에는 물건을 사올 때 썼던 하얀 색, 파란 색, 붉은 색, 검은 색의 비닐봉지들이 구겨져 들어 있다. 하얀 색과 파란색 비닐봉지를 꺼낸 후 도로 넣는다. 무릎걸음으로 밥상에 와서 하얀 비닐봉지 속에 잣죽을 붓는다. 공기를 빼고 입구를 여미려다 숟가락을 들어 잣죽을 한 번 젓는다. 며느리의 의심을 면하기 위해서. 냄새가 날까봐 파란 비닐봉지에 또 싼다. 무릎걸음으로 옷장으로 가서 깊숙이 잣죽 싼 비닐봉지를 보관하고 자리에 눕는다.

― 메누리도 아는 게야. 왜 곡기를 끊었냐고 묻지 않는 걸 봐서.

벽을 향해 얼굴을 돌려 눕는다. 두 손을 모아 잡은 채. 이불 밖으로 나온 뼈만 남은 앙상한 어깨가 덜덜 떨린다.

― 5층 여자집에 남편이 드나든다는 소문을 6층 여자에게 듣던 날부터 한기가 온겨. 첨엔 50년 넘은 부부 공덕이 와르르 쏟아져 내리는 허망과 배신으로 덜덜 떨렸는디. 이제는 체념하니 빈 몸에 한기만 가득한 겨. 젊은 혈기 때 다른 여자 안 보고 산 게 고마운 게지. 다른 여자들보다 험한 꼴 안 보고 살다가 늘그막에 바람난 영감 꼴 보는 게 내 업보겠지. 이게 내 운명인 겨. 그래도 50년 넘게 지킨 자린데 내가 먼저 가서 내 남편 기다릴 껴. 그 자리를 내가 왜 5층 여자에게 빼앗기나. 유언으로 남길 껴. 남편 죽거든 꼭 나랑 합장해야 한다고 ……

잠의 동굴 입구에서 생각의 끈을 감았다 풀었다하더니 잠의 동굴 속으로 쑥 끌려들어 간다. 숨소리가 고르다.

천성칠은 초인종을 누르려다 주머니에서 키를 꺼내 아파트 문의 구멍에 넣는다. 애자를 만나고부터 초인종을 눌러 사람이

문을 열어주는 일이 불편해졌다. 문이 열리는 것보다 문을 열어
주는 사람의 얼굴을 대면하는 일과 인사치레가 불편해졌다는 것
이 더 정확한 표현일 것이다.

문을 살짝 비틀고 들어서니 거실은 불이 꺼져 있다. 아들과
손자손녀는 아직 들어오지 않았고 며느리가 자기방에서 텔레비
전을 보느라고 거실에 아무도 없는 것이 편하게 느껴진다.

방문을 잡은 손이 무겁다. 무거운 마음이 손으로 다 옮겨진
듯 하다. 조금 망설이다 손잡이를 슬그머니 돌린다. 벽을 향해
잠든 아내가 한눈에 든다. 아내가 자고 있다는 것이 마음을 한결
편하게 한다. 아내와 눈이 마주치는 것이 두렵다. 조심스럽게 문
을 닫고 아내의 머리맡에 앉는다. 고개를 떨구고 책상다리한 바
지의 구겨진 선을 바라본다. 자신의 모습 같다. 고개를 들어 아
내를 본다. 작고 마른 몸이 이불 속에서 덜덜 떨며 자고 있다.
눈물이 휘익 고인다. 엄지와 검지로 두 눈을 꾹 누른다.

– 내가 늘그막에 이 무슨 난제를 만났는가? 이러 지도 저러
지도 못하고. 인연의 끈에 묶여 멈출 수도 나아갈 수도 없는 절
벽에 다다랐구나. 나 천성칠의 의지만으로 되지 않는 이 일을 어
쩐다.

아내의 어깨에 손을 대본다. 오래 삭혀져 고인 정이 아픔을
자아낸다. 슬픔을 솟구치게 한다. 아내의 어깨가 떨리고 있어서
일까 천성칠의 온몸이 떨린다. 아프고 슬프게 죽는 날까지 지낼
지라도 이 자리를 지켜야 한다는 생각을 오래도록 한다. 내일은
애자에게 결별의 말을 해야 한다는 생각과 함께.

애자의 아파트 앞에서도 천성칠은 초인종을 누르지 못하고

작은 구멍에 열쇠를 밀어 넣는다. 달칵 걸림쇠 풀리는 소리에 이어 집안과 집밖의 통로가 열리자 애자가 거실에 앉아 있다 달려 나오는 것이 보인다.

성칠의 손을 잡으며 애자는 좋아서 어쩔 줄을 모른다.

"어서 오셔요. 나는 선생님만 기다려요. 잠자다가도 문소리나 발자국 소리가 바람결에 들려도 벌떡 일어나져요."

늙은 여인의 사랑에 빠진 활달한 수다가 아프게 가슴을 득득 긁으며 비처럼 성칠의 가슴에 내린다. 마음이 쓰리고 아프다.

"나는요. 선생님이 안 오시면 어떡허나 하루에도 수십 번씩 아니 수백 번씩 걱정되어요. 나 이제 선생님 없인 못 살아요. 당신 안 오시면 그 날 나는 죽어요. 알죠. 으응, 알죠. 말해봐요. 어엉, 말 안 하시네. 빨리요."

사랑에 빠진 이 여자, 나를 위해 죽자살자 노력하는 이 여자와 어떻게 이별을 하나. 성칠은 마음이 괴롭다.

애자는 성칠과 만나면서 사투리가 점점 없어졌고, 많이 유식해졌다. 신문을 첫 면에서 끝 면까지 광고 하나 안 빼고 성칠이 없으면 읽는 애자다. 인간사의 모든 면을 실어다 주는 신문은 애자를 날마다 유식하게 만든다. 한동안은 신문의 의견을 자기 것인양 말하더니 이제는 자기의 생각도 곁들일 만큼 애자는 유식하게 되었다. 애자는 성형수술도 감행했다. 성칠에게 모든 일을 보고하는 애자가 쌍거풀과 코수술을 하고, 주름살 제거 수술을 말하지 않고 한 것도 성칠 자신과의 애정을 위한 행동이거니 여겨 성칠은 그리 싫지 않았다. 애자는 아침저녁으로 틈만 나면 학교 운동장을 수십 바퀴 돌아 살을 뺐다. 딴 사람처럼 예쁘게 변한 애자를 보고 있으면 늘그막에 웬 여복인가 싶은 성칠이었다.

"당신 좋아하는 오리탕 준비했어요. 맛보면 당신 깜짝 놀랄 거여요."

애자는 주방으로 가 가스렌지의 불을 켠다. 달뜬 목소리의 볼륨을 줄이지 않은 채.

"같이 가서 먹던 오리탕집 요리가 마음에 안 들어서 내가 직접 사다 만들었어요. 예전에는 요리책이나 텔레비전에서 요리 소개를 보면 채널을 돌렸어요. 저 만큼 쇠고기 쓰고, 양념 쓰면 어떤 음식이 맛없겠나 싶고 사치스런 사람들이나 해먹는 것인 줄 알았어요. 그런데, 살기 좋아진 지금 그 만한 양념 준비하는 거 돈 많이 드는 거 아니에요. 기껏 참기름이나 청주 같은 것인데 한 번 사면 오래 쓰거든요. 뭐 쇠고기가 필요하면 사다가 조금씩 여러 번 사용할 수 있게 나눠 냉동실에 넣으면 되고. 값싼 수입 쇠고기도 있고요. 문제는 양념이 많고 고기가 있다고 맛이 있는 건 아니라는 거예요. 얼마나 생각하고, 얼마나 맛보며 정성들여 만드느냐가 관건이죠."

관건! 이 여자는 이제 관건이란 단어까지 동원하여 말할 만큼 지식과 지혜의 키가 컸구나. 사랑의 힘은 사람을 정말 바꿔 놓는 놀라는 재주를 지녔군. 이런 여자를 나는 무엇을 위해 내 살아 있는 삶의 바깥으로 내몰아야 하나. 성칠은 갈등한다.

"자, 아 하셔요. 간이 맞나 맛 좀 보셔요."

오리다릿살은 한방 향기를 풍기며 입안을 사로잡더니 마음을 따스하게 풀게 한다. 성칠은 애자를 심장처럼 폐처럼 떼어내고는 살 수 없는 장기처럼 자신의 삶의 일부로 여겨진다. 밤을 새워 연습해둔 품고 온 말들을 머리에서 지운다. 일에서 일을 더하면 이가 된다는 식으로 해야 될 일과 하지 않아야 될 일을 구분한 삶의 방식에서 일과 이 사이에 너무나 많은 숫자가 있다는 것을 이제야 알고 어정쩡한 모습으로 비칠 지라도 이것도 삶의 모습이란 걸 인정해 버린다. 교직 생활 동안 해야 할 일과 하지 않아야 할 일의 이분법이라는 채찍에 얼마나 많은 학생들이 상처 입고 쓰러졌을까 생각하니 망연자실해진다. 애자에 대한 사랑은 성칠을 바꿔 놓고 있다.

요리를 그릇에 푸느라고 몸을 돌리고 있는 애자의 곁으로 성칠은 걸어간다.

등뒤에서 애자를 껴안는다.

소중한 사람하고 말한다.

소, 중, 한, 사, 람

애자는 처음 듣는 진곡한 다섯 글자에 목이 매인다.

성칠은 옷 속으로 손을 넣어 애자의 풍만한 가슴을 어루만진다.

7

승미는 술이 거나하게 취하여 몸을 가누기가 힘들다. 벽에 한 손을 잡고 아파트문에 키를 꽂다가 문이 열린 것을 안다. 현관문을 열자 어둠 속에 앉아 있던 남자가 벌떡 일어나 승미의 팔을 나꿔채 거실 바닥에 내동댕이친다. 승미의 신발 한 쪽은 현관에 다른 한 쪽은 승미의 발에 붙어 있다. 구석으로 밀려가 벽에 부덮쳐 소리를 지를 새도 없이 남자는 승미의 위에 걸터 앉는다.
사내는 말이 없다. 승미는 두려워 말을 못하고 벌벌 떨다가 어둠
이 눈에 익기도 전에 사내가 귀로임을 안다.

"귀, 귀로야, 너 왜, 왜 이러니?"

"……"

"귀, 귀로야, 이러는 이유를 말, 말해봐."

"……"

"너를 피한 거 다, 다른 남자가 생겨서 그런 거 아, 아니야."

"……"

"나도 너를 못 봐서 그게 한없이 슬프고 괴로워서 그래서 디
자이너들과 술 했어. 이렇게 취하도록."

"……"

"너 나하고 결혼하고 싶다고 집 식구들에게 말했다며. 네 형
과 형수가 왔었어. 이제 정신차리고 일하는 모델로 뜨고 있는 너
랑 가까이 하지 말았으면 좋겠다고 해서."

"……"

"증오스런 가부장적 권위와 사회적 인식의 옷을 나는 벗길
수가 없어서 그것이 두려워서 너를 피했던 거야."

"……"

"나 너를 정말 사랑해. 그래, 진짜 사랑해. 오늘 나는 그걸 알
았어. 귀로야, 나를 일으켜 줘."

— 개년아, 씨팔년아 그렇게 나를 사랑하는 년이 다른 남자의
품에 안겨 춤추다 돌아오니. 용서할 수 없어.

귀로는 승미를 잃을까 두려워 말을 내지 못하고 승미를 일으

켜 세운다.

　－ 지겨워. 남자의 이런 소유 근성 정말 지긋지긋해. 우선 달래고 천천히 감정을 정리하자.

　승미는 귀로가 폭력을 써서 자신의 영혼과 육체가 상처나는 것이 두려워, 수치스러울 것이 염려스러워, 굴욕스러울 것이 싫어 귀로가 가슴을 헤치고 만지는 것을 입술을 깨물며 참는다.

전업주부 (專業主夫)

전업주부(專業主夫)

1. 결혼 광고

전업주부(專業主夫)를 원하는 배우자 구함

· 나이 : 40세 이하
· 외모 : 중간 이상
· 학벌 : 대학 이상
· 경제력 : 중산층 상 이상
· 본인의 특징 : 나이 - 27세

　　　　　　　외모 - 출중(키 180cm, 육체미 대회 출전 경험 있음.)

　　　　　　　학벌 - 서명대 간호학과 졸업

　　　　　　　직업 - 최고의 전업주부(專業主夫)가 되기 위해 가

　　　　　　　　　　사, 육아를 배우고 있음.

가사만을 돌보는 남편을 배우자로 삼고 싶은 여자를 찾는 광

고가 들어 있는 전문 광고지를 오른손에 들고 딸을 앞세워 들어
오며, 혜지의 친구인 은현이 수다를 떨어댔다. 약국문을 밀면서
부터.

"손님 정말 많네. 우리나라 돈 다 끌어 모으고 있구나."

"어서 와. 은현아, 딸 많이 컸구나."

"안녕하세요! 혜지 아줌마."

"너는 시집 안간 처녀에게 아줌마가 뭐니 아줌마가."

"얘가 벌써 중학교 입학하잖니. 세월이 이렇게 빠르다."

혜지는 은현이 딸이나 아들을 데리고 나타나면 흘러가는 세
월이 감지되었다. 세월이란 시간은 소리를 내며 흐르지 않아서
평소 잘 느끼지 못하게 마련이다가 인지를 주는 사물이나 말을
만났을 때 불쑥 다가와 느끼게 하였다. 아이들의 덩치나 키는 멈
추지 않고 커지므로 은현의 아이들은 혜지를 정지되거나 느리게
흐르는 시간에서 벗어나 시간은 빨리 흐른다는 생각으로 바뀌게
끔 만들었다. 혜지가 시간의 빠른 흐름 앞에서 젊음이 사라져 가
는 자신을 돌아보게 되어 마음이 불편해져 얼굴을 쓰다듬고 있
을 때, 은현이 전문광고지를 내밀었다.

"혜지야, 너 이 광고 좀 보렴."

"배우자 구하는 광고란이네. 얘가 이제 나 시집보내려고 별수
단을 다 쓰네. 아무리 그래도 나 아직 광고란보고 배우자 찾아다
닐 만큼은 아니다."

"너 아직도 이십대인줄 아니? 낼 모래면 사십대야. 얘가 세월
가는 줄은 모르고 코만 클레오파트라야. 잔소리하지 말고 여기
좀 봐."

은현의 수다가 금방 멈출 것 같지 않고 약사와 손님들 앞에
서 노처녀 시집 운운하는 것도 싫어 약사들이 교대로 쉴 수 있
게 마련한 작은 공간인 약사 휴게실로 자리를 옮겼다. 손님들이
많이 몰리는 시간이어서 마침 아무도 없었다.

혜지는 몇 마디 응대하다가 얼른 은현을 보내야겠다고 생각
했다. 약사 20명이 움직이고 있는 대형약국의 주인으로서 할 일
이 산더미같이 쌓여 있는 데다가 면목동과 혜화동에 다른 약국
을 개설하려고 계획하고 있어서 시간이 혜지에게는 금쪽이었다.
고양이 손발을 빌리고 싶을 만큼.

"은현아, 오늘은 너무 바빠서 안되겠어. 다음에 한가할 때 식
사나 하자."

"너 그러다 금방 사십 홀떡 넘기고 아이를 못 가져. 돈과 명
예만 있으면 뭐 하니? 그거 다 아이 낳아 기르는 일에 비하면
부수적인 거야. 사람이든 동물이든 가장 보람 있는 일은 종족번
식이야. 남자야 칠십, 팔십에도 아이를 가질 수 있지만 여자는
달라. 우리 나이도 아이를 가질 수 있는 확률이 적은 나이야. 네
가 자선사업가나 위대한 실업가가 되려는 것도 아닌 마당에야
무엇이 더 소중한 지 알아야지. 네가 그렇게 일과 돈이 좋다면
너에게 맞는 배우자를 선택하면 되잖아. 여기에 너에게 딱 맞는
사람이 있어서 그래. 나는 뭐 안 바쁜 줄 아니? 할 일이 없어서
여기 와서 수다나 떠는 줄 아냐구. 나 아님 너에게 애정어린 잔
소리 할 사람이 어딨니? 너 고아로 커서 챙겨줄 부모가 있니?
친척이 있니?"

속사포로 쏘아대는 말속에서 고아라는 말이 들릴 때, 아픈 상

처가 덧날 것 같아 혜지는 손을 내저었다. 은현이 승낙을 받지 않고는 물러가지 않으리라는 판단도 함께 하면서.

"알았어. 지금은 너무 바쁘고 이따가 읽어보고 전화할게."

"진작 그랬어야지. 이따가 전화 꼭 해."

은현은 몇 번을 더 다짐하고 갔다.

혜지는 대형약국 약사 휴게실에서 벗어나 일에 몰두했다. 약국이 큰 사거리에 있어 사람들 왕래가 잦고 신축 병원이 늘어 혜지 약국에는 손님이 아침부터 저녁까지 끊이지 않았다. 박리다매(薄利多賣)로 팔 수 있는 쌍화탕 종류와 약품들을 구비하는데 노력을 많이 했기에 약값이 싸다고 소문이 나서 손님이 손님을 끌어왔다. 멀리서 버스를 타고 약사러 왔다고 너스레를 떠는 노인분이나 여자들에게는 약값을 깎아주거나 구매가가 낮은 영양제를 손에 쥐어 주었다. 시중에서 구하기 힘들거나 값이 비싸서 비치하기 어려운 약품들도 구하여 손님들이 빈손으로 돌아가지 않도록 배려하였다. 어쩌다 손님이 찾는 약품이 없으면 연락처를 적어 놓게 하고, 전화비나 운송비가 약값으로 받는 이득보다 많이 들어도 구해 주었다. 그러한 손님은 고맙게 여겨 먼길을 돌아 혜지 약국을 찾았다.

그러나 손님이 많은 만큼 혜지의 일은 쌓여만 갔다. 그 날도 약품 구입 목록을 꼼꼼히 챙기고, 개설할 약국들에 대한 서류를 정리하고, 몇 군데 전화를 끝내니 열두시가 넘었다.

집에 돌아가려고 책상을 정리하다가 은현이 놓고 간 광고지가 눈에 들었다. 은현이 광고지를 읽고 전화하라던 모습이 떠올랐다. 은현은 이따 전화해 정말 전화 해야해 하고는 하루를 봐주었다. 혜지가 너무나 바쁘다는 걸 알기 때문에.

그러나 혜지가 연락을 취하지 않으면 이틀을 못 넘기고 전화하거나 찾아와 핀잔을 주었다. 그런 은현에게 혜지는 귀찮다는 생각보다 고맙다는 생각이 많았다. 혜지 자신을 진심으로 아끼는 줄을 알기 때문이었다. 은현이 접어놓은 페이지를 열고 배우자 광고란을 읽었다.

"전업주부(專業主夫)를 남편으로?"

혜지는 일어나지 않고 생각에 잠겼다. 어렸을 때 고아원인 진애원(眞愛院)에서 같은 또래의 아이들이 쇠파리처럼 앵앵거리며 지냈던 시절이 생각났다. 포장만 번드르한 것이 항상 속은 빈강정이듯, 이름은 진짜 사랑 진애(眞愛)였으나 배고픔이 늘상 존재했고, 누더기에 가까운 옷들이 지급되었다. 원장의 아이들이 더욱 좋은 음식과 옷을 입고, 메이커가 붙은 고급스런 가방과 구두를 신을 수 있을 때 고아들은 더욱 궁핍을 견뎌야 했다. 불평을 입에 담으면 심한 매질을 당해야 했고, 매보다 무서운 굶김을 벌로 주었으므로 원장의 식구들 앞에서는 웃음을 배어 물어야 했다. 원장의 식구들에게 조금이라도 잘못 보여 나쁜 평을 하는 말한마디라도 원장의 귀에 들어가면 훨씬 모진 벌이 가해졌다. 은현은 그런 원장의 막내딸이었다.

혜지와 은현은 혜지가 진애원으로 들어온 다섯 살부터 나이가 같아 어울려 지냈다. 진애원에서 원장의 아이들이 왕이라면 고아들은 신하나 노예였으므로 혜지가 은현과 친구로 지내는 것은 있을 수 없는 일이었다. 그러나 혜지는 특별한 대우를 받고 있었으므로 은현과 사귀는 일이 가능하였다. 혜지의 부모가 남긴

재산이 정리되어 은행에 저축되어 있었고, 돌봐줄 친척이 없던 혜지를 생각한 혜지 아버지의 친구가 후견인이 되어 매달 진애원에 하숙비처럼 적지 않은 돈을 지급하도록 조치했기 때문이었다. 저축된 돈은 혜지가 대학을 마치면 혜지의 명의로만 찾을 수 있도록 계약되어 있었으므로 진애원 원장은 술수를 부리지 못하고 혜지를 돌보았다. 혜지는 다른 고아들과 자기가 다르게 대우받는다는 것을 어릴 때는 모르다가 여덟 살이 되면서 알았다. 혜지 네 앞으로 많은 돈이 은행에 있대라는 말을 은현에게 들었기 때문이었다.

혜지는 그때부터 돈의 위력을 알았다. 다른 고아들과 자신이 다른 것은 돈이 있고 없고의 차이일 뿐인데, 그들과 자신과의 생활은 너무나 차이가 나는 것이었다. 혜지가 은현에게 다른 고아원으로 가고 싶다는 말을 흘려 원장이 듣게 한 후로 혜지는 원장의 자식과 같은 급으로 격상되었다. 식사와 잠을 은현과 함께 하도록 한 것이었다. 전에는 옷이나 물건은 은현이 입거나 쓰다가 물린 것을 사용했는데, 그 후는 혜지가 필요한 물건을 은현의 것을 사면서 사다 주었다.

은현은 자신이 누릴 수 있는 입장을 거부하거나 불편해 하는 일이 없이 환경에 그대로 적응된 아이였다. 다른 고아들 앞에서는 공주 노릇을 하였으나 은현 앞에서는 형제나 친구처럼 대했다. 아버지인 원장이 고아들로 하여금 은현과 놀지 못하게 했으므로, 은현이 친구가 없던 차에 혜지가 곁에 있어 좋았으므로 천성대로 거리낌 없이 정을 주었다.

다른 고아들이 학교를 졸업하기 전에 진애원으로부터 도망치

거나 겨우 중학교를 졸업하고 공장으로 취직하러 갈 수밖에 없
을 때도 혜지는 학교를 다닐 수 있었다. 돈이 많아야 서럽지 않
다는 것을 어릴 때부터 익힌 혜지는 돈을 많이 벌 수 있는 약사
가 되기 위해 모질게 공부하였다. 약사 자격증을 따고 약대를 졸
업한 후 부모가 남겨준 유산을 찾아 약국을 차렸다.

혜지는 대학 시절 남자들과 데이트를 몇 번했다. 밤길에서 손
을 잡고 야릇한 기분을 느껴 봤고, 대학 건물 벽에 기대 키스도
해봤다. 그러나 공부에 매달리다 보면 남자들과의 미팅이 시시해
져서 흐지브지 헤어지곤 했다. 은현이 대학 선배를 만나 열렬한
연애 끝에 졸업장을 받자마자 결혼하는 걸 보면서도 부러운 생
각이 도통 들지 않았다.

혜지는 한 번 홍역처럼 사랑에 빠진 적이 있었다. 유명 제약
회사 사장 아들로 혜지가 거래하던 영업소 소장을 하던 남자와
의 사랑이었다. 사랑하면서 육체의 쾌락이 무엇인지 알았고, 가
정을 가져 아이를 낳고 살고 싶은 여자의 소망을 갖게도 되었다.
그러나 혜지가 고아라는 이유로 남자 부모가 심하게 반대 의사
를 나타내었을 때, 혜지는 자존심이 너무 상해 남자에게 고분고
분할 수가 없었다. 작은 갈등이 반복되자 애정에 큰 균열이 가서
결국 헤어지게 되었고, 그 때부터 결혼은 혜지에게 넘기 어려운
강이 되었다. 은현이 물어 오거나 주변의 소개로 선보는 남자들
이 마음에 차기도 어려웠고, 결혼을 전제로 만나는 그런 만남이
거북하면서 두렵기만 하였다.

결혼하지 않고 사는 독신의 삶이 불편하지 않고, 일하기에는
더없이 편했으므로 혜지는 결혼에 마음이 쓰이지 않았다. 하지만

흐르는 시간 따라 나이 들어가는 자신을 거울 속에서 문득 느끼면, 결혼은 하지 않더라도 아이만은 가지고 싶었다. 불쌍한 고아들을 많이 보았던 혜지가 한 때 고아를 입양하려는 마음을 품은 적이 있었다. 그러나 일이 많은 혜지가 고아를 입양한다고 해도 돌볼 시간이 날 것 같지 않아서 입양을 추진할 수가 없었다. 은현이 곁에 있었지만 친형제자매가 없는 혜지는 지난 날 사랑했던 남자의 품에 들 때마다 아이를 많이 낳아 기르고 싶어라고 말했던 것을 서른 중반을 넘자 자주 떠올렸다. 남자와의 못 이룬 사랑의 고통은 퇴색되어 아프지 않은데, 아이를 많이 낳아 기르고 싶다던 그 때가 왜 자주 생각날까? 생각의 키를 키우다 보면 아이가 정말 갖고 싶은 혜지였다.

광고를 들여다보며 혜지는 은현이 이런 광고를 들고 와 호들갑을 떤 걸 생각하자 쓴웃음이 나왔다. 가사만 전담하겠다는 남자에게 과연 성기가 있을까 싶고, 여자 같은 남자를 떠올리자 징그러운 생각이 들었다. 시대가 아무리 변해도 남자가 전업주부라니. 그런 남자는 정신이든 육체든 어디 한 곳에 장애가 있을 것 같았다. 남자가 어디가 부족하지 않고야 살림이나 하겠다고 하겠는가?

혜지는 광고지를 쓰레기통에 던져 넣었다. 은현에게 이런 일로 더 이상 시달리지 않겠다고, 다시는 그러지 말라고 따끔한 전화를 넣어야겠다고 마음을 먹으며.

2. 시험

"전업주부가 되겠다는 생각을 언제부터 했어요?"

"꽤 어릴 때부터예요. 태어나 일주일 되던 날 엄마가 다니시던 절의 스님이 집에 오셔서 저를 여자로 기르라고 하셨대요. 살기(殺氣)가 많아서 그렇게 길러야 좋은 운으로 바뀐다고요. 그래서, 초등학교 들어가기 전까지 여자처럼 머리 길러 핀으로 장식하고, 치마 입고 지냈어요. 엄마랑 소꿉놀이하거나 인형놀이 하는 걸 아주 좋아했지요. 인형 옷을 입혀 주거나 장난감 밥상을 차려주면서 좋은 엄마가 되고 싶다는 생각을 많이 했어요."

심문관처럼 앉아서 이것저것 묻는 은현에게 충기는 중요한 시험답안지를 작성하듯 정성껏 대답했다. 은현은 마음이 혼란스러웠다. 잘생긴 호남형에 잘 다듬어진 몸매를 가진 이 젊은 남자와 친구 혜지의 궁합이 잘 맞을 수 있을까라는 의문과 함께 혜지의 단호함에 여린 남자의 이상은 얼마나 상처날 것인가가 걱정스러웠다. 또한 단단한 사회의 인식인 부부상에서 벗어나 이들이 행복한 가정을 과연 꾸려나갈 수 있을까에 대한 답이 나오지 않았다.

은현이 말을 끊고 한강을 내려다보고 있는 동안 스카이 라운지에는 밝은 낮의 정기가 구석구석 흐르고 크시코스의 우편마차가 피아노 선율로 흘러 충기는 머리를 끄덕이며 음률을 즐겼다.

"그럼 충기씨는 자신이 여성성이 많아 살림을 돌보는 남편이 되길 원하는 건가요?"

"여성성이 보통 남자들보다 많이 있기도 하지만 저는 주부를 하나의 직업으로 생각하지요. 목축업이나 농사, 공장이 중심이 되던 시절에 힘이 좋은 남자들에게 바깥일이 돌아가고 여자에게 살림이 주어졌잖아요. 그러나, 이제 3차 산업의 비율이 가장 높은 지식정보화 사회에서는 힘의 비중이 줄어 현장에서 남녀를 구분하지 않아도 일할 수 있지요. 건설업과 같은 산업 현장에 여자가 뛰어 들고, 미용업에 남자들이 대거 진출하는 현상이 별반 이상하지 않잖아요? 남자들의 전용 의자에 여자들이 앉으면서 가정의 일이 소홀해졌는데 가정살림을 하나의 직업으로 생각한다면 이제 남성들이 이 분야에 대거 진출해야 한다고 생각해요."

"남자가 집에서 살림한다고 하면 얼굴도 안 서고 사회에서 친구를 만나도 당당히 직업을 밝힐 수 없을 텐데요? 그런 마음의 갈등을 견딜 수 있겠어요? 낭만적으로 생각하는 경향이 있는 것 아닐까요?"

"저는 그렇게 생각하지 않아요. 누구나 자기가 하는 일이 어렵고 중요하다고 생각해요. 남자들이 주도권을 잡고 지냈던 지금까지의 권력구조상 남자들이 하는 바깥일이 더 중요하고 여자들이 하는 안일은 쉽고 간단한 일로 치부되어 왔어요. 그러나, 은현 누님도 살림하시지만 그것 어느 직업보다 간단하고 쉬운 일 아니잖아요. 인식의 변화가 있어야죠."

"그래서, 충기씨를 낭만적으로 사물이나 현상을 보는 게 아닌가 하는 거예요. 인식의 변화라는 거 애들 키 크는 것처럼 눈에 쉽게 띄는 것도 아니고, 아주 한참 걸리는 일이예요. 마주 대하는 사람들의 껄끄러운 시선을 피하기 어려울 텐데요?"

충기는 커피잔을 들어 입술이 마르는지 한 모금 마셨다.

은현도 커피잔을 들어 입술을 추겼다.

"제가 아는 형이 미아리에서 큰 미용실을 하거든요. 그 형 애기가 처음 미용사로 지낼 때 친척이나 친구들이 다 그랬대요. 뭐 달고 나와서 뭐 파는 여자들 머리나 만지냐고. 세상에 할 짓이 없어서 그런 일 하느냐고. 중간 중간 때려치우고 싶은 생각도 많았고, 한 때 사람기피증도 생겼다는 말 들었어요. 그런데, 지금은 누구나 인정하는 미용 아티스트가 되었어요."

"살림 경력 10년이 넘는 내 입장에서 보면, 충기씨가 말하는 형이란 사람은 많은 노력 끝에 사회에서 인정하는 미용사가 되었으니 이제는 당당해졌겠지만 집안 살림이란 맡은 사람은 아무리 잘 해도 사회에서 인정받은 만큼 성과를 얻기 어려워요. 대놓고 바깥 세상에 자랑할 만한 성과가 쌓이는 것도 아니고. 그로 인한 갈등이 문제가 될 수 있지 않겠어요?"

"저는 평범하고 행복한 사람이 되길 원해요. 실제 성공했다고 평가되는 사람은 몇 명되지 않고 성공하기 위해 그들이 치뤄야 하는 대가는 어마어마하거든요. 늘 스트레스 받고 경쟁력에서 이기기 위해 치열한 고통을 감수해야 해요. 잠깐의 성취감을 맛보기 위해. 가장 문제는 성공하기 위해 발버둥치다가 밀려나는 사람들이 대부분이라는 거예요. 그들은 자신들이 누릴 수 있는 작은 행복을 다 바치고도 뒤로 밀려나 슬픔에 젖어요. 그리고는 인생은 허무하다고 생각하며 죽어가죠. 저는 그런 삶이 싫어요. 처음부터 안락하고 편안한 가족을 위해 제가 화목한 가정으로 만들고 가꾸고 싶어요. 직장으로서의 가정주부가 되어 직장 동료인 동시에 가족인 아내와 아이들을 위해 살고 싶어요. 모든 남편들이 그렇듯이"

"그런 생각들은 언제 한 거죠?"

"초등학교 들어가서 큰 혼란을 겪었어요. 엄마가 연습을 시켰지만 화장실에 가서 서서 볼일 보는 것도 어려웠고, 남자애들이랑 어울려 노는 것도 쉽지 않았죠. 당연히 아이들의 놀림감이 되었고, 전학을 갔어요. 어린 마음에도 이러면 안되겠다 싶어 태권도 도장에 보내달라고 해서 아이들에게 시비를 붙어 싸움질도 하고, 대장 노릇도 했어요. 사춘기 이후에는 여학생도 사귀어 이성간에 누릴 수 있는 많은 즐거움도 누렸어요. 그런데 대학을 진학하려고 하니 갈등이 많았어요. 이제 누구도 저를 여자 같다고 느끼지 않는데, 제가 하고 싶은 일은 누군가를 돌보는 일이었거든요. 여자들이 맡아 하는 일에 관심이 더 가고. 그 일이 하고 싶은 마음이 가시질 않는 거였죠. 주위의 반대에도 불구하고 간호학과에 진학해 지금 세하병원에서 근무하고 있는데, 직장을 그만두고 싶어졌어요. 환자를 돌보는 일이 맡겨지기보다는 기계 다루는 일을 맡기기 일쑤고, 정을 쏟을 만하면 바뀌는 환자들이 싫었어요. 평생을 바쳐 정을 쏟을 만한 사람이 있는 직장으로 옮기고 싶어 여기저기 찾았는데 가정주부가 제 이상에 딱 맞는 일이었어요."

3. 부재 그리고 충격

충기는 은현에게 혜지가 좋아하고 싫어하는 갖가지 정보를

들은 후에 혜지 약국에 갔다. 소화제와 두통약을 사며 은현이 말
해준 혜지의 인상착의와 닮은 여자를 찾았으나 보이지 않았다.
구석에 놓인 의자에 앉아 약광고지를 훑으며 혜지가 오길 기다
렸으나 혜지를 볼 수 없었다. 계속 앉아 있기가 불편해 밖으로
나와 혼자 영화 한 편을 감상하고, 혜지 약국 안을 밖의 창을
통해 들여다 보았다. 혜지 약국은 불투명창이 많고 투명창이 적
어 안을 훤히 들여다 볼 수 없어 문을 밀고 들어갔다. 혜지를
닮은 여자는 보이지 않았다.

　다음날 충기는 퇴근하자마자 혜지 약국에 들러 복합감기약
한 통을 사며 살폈으나 어디에도 혜지는 없어 보였다. 의자에 앉
아 있다 나와서 시내를 기웃거리며 시간을 죽이다 혼자 밥을 먹
고 다시 들렀으나 혜지는 보이지 않았다.

　충기가 열 번째 혜지 약국을 방문하던 날도 혜지는 보이지
않았다. 이날부터 충기의 가슴 한 켠에 혜지가 살기 시작했다.
궁금증이랄까 그리움이랄까 간질간질한 바람이 충기의 가슴에
불어 혜지를 그려보는 시간이 늘었다.

　그 후 다시 열한 번째 혜지 약국을 방문하던 날 충기는 두근
거리는 가슴 때문에 선뜻 혜지 약국문을 밀 수 없어 심호흡을
한 후 문을 열었다. 혜지는 보이지 않았다.

　충기는 쌓여가는 소화제, 두통약, 복합감기약, 쌍화탕을 책장
의 중앙칸을 비워 쌓았다. 대표 약사 강 혜 지란 인쇄가 들은
약봉지를 책처럼 세워 놓았다. 봉지약만 일곱 개가 되었다. 혜지
에 대한 꿈과 그리움이 약과 함께 쌓였다.

　은현은 연락처를 남기지 않았다. 충기가 혜지와 좋은 인연을

맺을 지 알 수도 없고, 혜지 약국에 가면 쉽게 혜지를 볼 수 있을 것으로 알았기 때문에 굳이 자신의 연락처를 젊은 남자에게 남길 이유도 없었다. 충기는 혜지의 핸드폰 전화를 묻거나 혜지가 어디에 갔는지 다른 약사들에게 물을까 했지만 그만 두었다. 초기 방문 때는 다음날이면 있으려니 했었고, 시간이 지남에 따라 그리움이 불러온 두근거림과 부끄러움 그리고 두려움 때문에 하루에도 수십 번 혹은 수백 번 불러보는 강, 혜, 지라는 세 자를 입밖에 내기가 어려웠다.

시간은 흘렀다. 충기는 혜지 약국에서 사온 약품에 '365번째 방문하여 사다 나는 오늘 중대한 결정을 내려야 한다 이제 기다릴 수 있는 만큼 기다렸다'라고 적은 메모지를 붙인 후 책장 안에 넣었다. 책들은 구석 자리로 한 권 한 권 밀려났고, 이제는 약장이 된 책장 앞에 서서 꼼짝하지 않고 약들을 바라보았다. 약들은 점점 고가의 특수 치료약이나 시중에서 구하기 어려운 약들로 채워져 갔다. 뇌막염, 심장, 간장, 췌장, 무좀약, 폐암 치료약을 비롯하여 전립선비대증 치료제까지 인간의 신체부위의 질병을 위해 필요한 약들이 쌓여 갈 때 충기의 모든 신체인 말초신경부터 심장까지 혜지를 원하고 있었다.

혜지는 개업한 병원 두 곳이 너무 바빠 혜지 약국에는 거의 나타나지 못했다. 믿을 만하고 야무진 후배 약사 한소영이 혜지 약국을 맡아 잘 관리하고 있었으므로 신경을 쓰지 않아도 좋았다. 두 곳의 약국에 손님이 들끓자 혜지는 여세를 몰아 대전과 부산에 대형 약국을 차릴 계획을 세웠다. 약국의 대형화가 손님의 발걸음을 붙잡을 수 있다는 승산이 있어 돈을 벌 수 있는 기회다 싶은 것이었다. 그러나, 자본이 만만하지 않아 어떻게 융자를 끌어내고 어떻게 관리하여야 하나 궁리할 때 핸드폰이 울렸다.

"한소영예요, 선배님."

"왜, 약국에 무슨 일 있어?"

"제가 맡고 있는 혜지 약국에 무슨 일이 있겠어요? 제 능력 못 믿으세요?"

"아, 믿어. 그래 무슨 일로?"

"선배님한테 택배가 왔어요. 그런데 본인이 직접 받아야 한다고 하네요. 보낸 사람의 특별 부탁이 있었대요. 계시는 곳으로 보낼까요?"

"아니, 내가 갈께. 오랜 만에 혜지 약국도 들러 보고 싶고. 거기서 오나 내가 가나 마찬가지일 테니 기다리시라고 해."

혜지가 도착했을 때 택배된 물건은 벽에 기대 놓여져 있었다. 중간 크기의 책장만했다. 기다리고 있는 택배원에게 싸인을 해주었다. 약사들이 궁금한 지 모여서 얼른 개봉하라고 야단이었다. 혜지는 포장을 정성껏 벗겼다. 사람들이 탄성을 질렀다. 1부터 365까지 번호표가 붙은 약들이 테이프로 꼼꼼히 붙여진 책장 위에

"나의 사랑은 이렇게 깊어 갔습니다! 민충기 드림"

이라는 글씨가 한 자 한 자 오려서 붙어 있었다. 약품마다 번호가 붙어 있었고, 메모가 적혀 있었다.

약사들은 그 사람이야 그 사람하며 인상착의부터 말투까지 혜지에게 알려주었다. 혜지는 오래 전에 은현이 불쑥 하던 말이 생각났다.

"민충기라고 만나봤니?"

"민충기? 만난 적 없는데."

"광고냈던 남잔데, 아유 탐나더라. 외모도 그렇고. 생각도 그렇고."

"네가 만났었니 그 남자를?"

"그래, 네가 시간을 낼 것 같지 않아 내가 가서 선봤다."

"별 이상한 짓을 다 한다 너. 나 못 팔아먹어서 안달이구나 너."

"이상하네. 네가 늙어서 와서 보고 그냥 간 건가? 것 봐라. 네 상품가치가 그 정도다 얘. 하루라도 젊을 때 정신차리지."

"됐어 얘. 오기만 하면 오장육부를 뒤틀리게 하네. 노처녀로 늙어 죽을란다. 그만 신경꺼라."

"아유, 나도 너 시집 보내는 거 포기하려고 맘 먹었어. 신경 쓰고 욕 먹고. 싫다 얘. 나두."

한참을 샐쭉하게 앉았다가

"너 기회 놓치지 마라. 충기씨가 와서 만나자면 이게 왠 복이냐고 꽉 잡아라. 괜찮더라. 하기사 네 복에 그런 남자가 네 차지가 되겠니?"

은현은 혜지의 마음에 독화살을 날리고 문을 꽝 닫으며 가버렸었다.

혜지는 휴게실로 책장을 옮기게 한 후 메모지에 쓰인 메모들을 하나 하나 읽어 내려갔다. 마음을 꽉 채우는 따스한 열기가 얼굴로 번져 발갛게 달아오르고 가슴이 뛰었다. 메모를 읽는 동안 만난 적이 없는 남자가 오랜 시간 함께 지낸 연인처럼 정답게 느껴졌고, 마침내 임자를 만났다는 확신이 섰다. 그러나 혜지는 메모지에 적힌 충기의 전화번호를 누르지 않았다.

충기는 환자들의 차트를 정리하다 생각이 집중되지 않았다. 택배된 책장을 그녀는 받았을까? 받았다면 어떤 생각을 할까? 치기어린 행동이라고 비웃었을까? 이 마음을 조금이라도 알까? 파도처럼 일어나는 생각들을 잠재울 수가 없었다. 30분 이상을 한 차트를 넘기지 못하고 시선을 책상 위에 내린 채 생각에 잠겨 있었다. 허공을 둥둥 나는 듯 사방에서 꼭 죄는 듯 끝없이 공허하면서 틈 없이 죄여지는 마음을 가눌 길 없어 한숨을 푹 쉬며 고개를 들었다.

순간 충기는 들고 있던 볼펜을 떨어뜨리며 벌떡 일어났다.

혜지 그녀가 대기실 의자에 앉아 자기를 보고 있었다. 실제 눈앞에 본 적이 없는 혜지였지만 충기는 느낌만으로 그녀를 금방 알아보았다.

그 날 혜지와 충기는 식사를 하고 술을 마시면서 끝없이 말하고 말했다. 말은 둘의 입술이 포개지면서 잠시 멈췄고, 서로의 몸을 탐색하면서 조금 길게 멈췄다가 충기의 집에서 각자 출근할 때까지 이어졌다.

4. 선물

"임신입니다. 이번 착상이 성공했어요. 3년만의 결실이니 특히 조심해야 합니다. 신경쓰는 일도 삼가고, 몸을 어렵게 하는 일도 삼가세요."

　의사의 말에 혜지가 충기 앞에서 처음 눈물을 보였다. 충기는 혜지의 양손을 꼭 눌러 잡으며 기뻐서, 마음이 아려서 함박 웃음 위에 한 줄기 눈물을 흘렸다. 혜지의 아이에 대한 집착과 충기의 인내가 없었다면, 둘은 아이를 포기했을 것이었다. 결혼 후 1년 동안 초조하게 임신을 기다려왔지만 혜지에게는 입덧의 기미조차 없었다. 병원을 찾아 검사한 결과 임신이 어렵다고 판정받았다. 한 쪽 나팔관이 막혔고, 다른 쪽도 불완전하여 착상이 어렵다는 것이었다.

　"우리 이혼하자. 당신이 나 때문에 직장을 그만 두었으니 내가 집이랑 혜지 약국을 줄께. 약사 자격이 없어도 믿을 만한 후배 명의로 약국을 이전하여 관리하면 될 거야. 간호원으로 근무했으니 약에 대해서 잘 알 테고."

　헤쓱한 모습으로 며칠을 보낸 혜지가 할 말이 있다고 불러낸 스카이 라운지에서 준비한 듯 혜지는 충기에게 책을 읽는 투로 말했다.

　"나와 이혼하자고? 자기 나 없이도 살 수 있어?"

　나이 차이로 인한 응석이 섞인 목소리로 충기는 믿을 수 없어 하며 장난기가 어리게 대꾸했다. 혜지가 아이를 낳을 수 없다는 진단에 충기를 생각해서 이혼을 결정한 심중을 읽은 것이었다. 또한 혜지가 자기를 얼마나 사랑하고 좋아하는 지를 알기 때문이었다.

　남자가 밖에 나가 돈 벌어오지 않아도 될 만한 충기의 정성 어린 살림꾸리기와 애정 표시는 혜지로 하여금 마음을 풀어 충기를 깊이 사랑하게 하였다. 어릴 때부터의 상처, 언제 사랑하는 사람이 떠날 지 모른다는 막연한 두려움으로 사랑을 제대로 펼쳐볼 기회를 갖지 못하던 혜지는 충기를 만나 인생의 봄날을 맞이했다.

꿈결처럼 누리는 충기와의 잠자리는 말할 것도 없고, 충기가 요리 학원에서 익힌 깔끔한 음식과 인테리어 감각으로 꾸며진 집안의 세련미와 아늑함은 나무랄 데가 없었다. 충기를 보고 있노라면 내가 무슨 복에 저런 남자와 살게 되었을까 의문스러울 정도였고, 약국에 나오면 돈 많이 벌고 명예를 얻어 자신에 대한 매력을 잃지 않게 하고 싶어서 신명나게 일에 몰두했다.

"그래 이혼해. 그 대신 내가 주는 선물 하나는 꼭 가져가겠다고 약속해. 그 선물을 죽는 날까지 곁에 두겠다고 약속해. 그러면 이혼해줄께."

충기는 여전히 장난기를 거두지 않은 채 말했다. 혜지는 단호한 표정으로 입술을 깨물며 떨려오는 목소리를 감추려고 애쓰며 말했다.

"약속할께. 서류는 변호사가 처리할 거야. 선물은 나중에 보내줘."

"선물은 늘 준비가 되어 있어. 기다릴 것 없이 지금 받아."

뜨악한 눈으로 바라보는 혜지에게 충기는 다가가 혜지의 무릎에 앉아 두 팔로 목을 감았다.

"선물은 나야. 아들처럼 남편처럼 아버지처럼 당신 곁에 영원히 남을 거야."

귀에 속삭이는 충기의 말은 전율처럼 성욕을 불러 일으켰고, 둘은 호텔로 직행해 격렬히 사랑을 확인했다.

충기는 아기를 갖기 위해 3년간만 노력하자고 했다. 아기를 너무나 갖고 싶어하는 아내를 위해 내린 결정이었다. 혜지는 나팔관 수술을 받았고, 병원에 정기적으로 입원해가며 시험관 아기를 시도하였다. 시간을 쪼개며 바쁜 혜지가 힘들어 하는 것을 지켜보는 것이 충기는 너무나 힘들었다. 충기 자기만을 위해서라면 백 번은 포기했을 것이었다. 그러나 일가친척이 없어 외로워하는 아내를 위해 아이가 꼭 필요해서 쉽게 포기할 수는 없었다.

이것으로 끝이라고 이제는 포기하자고 결정하고 병원을 찾은 날 행보가 날아들었으니 마음이 아무리 단단한 혜지라도 눈물로 자신을 적시지 않을 수 없었다. 신은 늘 인간편이어서 불행의 끝에 선 듯하면 행운의 깃발을 흔들어 인간이 희망을 잡고 살게 하신다며 무신론자인 충기가 감사의 기도를 드리지 않을 수 없었다.

"세 쌍둥이예요. 모태 안에서 셋 다 건강히 숨쉬고 있어요. 이제 원 없이 아이를 기르실 수 있겠습니다. 원래 시험관 아기는 실패율이 높아서 여러 개의 정자를 넣는데 셋이 성공한 것 같습니다. 준비 단단히 하셔요. 세 명이 태어나 울고, 먹고, 뛰어 다니는 거 관리하기 쉽지 않을 테니 하하하하."

찾아든 혜지의 배를 초음파로 보면서 의사는 즐거워했다. 환자의 염원이 이루어졌을 때 느끼는 희열에 동참이 되어 기쁨이 저절로 배어나고 있었다. 혜지는 행복해서 충기의 손을 찾아 줘었다. 충기는 초음파를 보며 벙싯벙싯 웃음을 배어 물었다. 같은 자리에 있는 사람들이 한 가지 마음으로 즐겁고 행복해하는 모습은 너무나 아름다웠다.

그러나 아름다운 꽃에 벌레 먹은 자국이 있고, 아름다운 꽃도 시들어 가는 아픔과 고통이 있듯이 산 같은 폭풍우 같은 고난이 충기를 가로막고 있었다. 불행은 염원의 달성 끝에 매달려 오기 십상이어서 혜지와 충기의 어려움은 아기들이라는 선물로부터 왔다.

5. 초대

"친구들을 초대하고 싶다고?"

"응, 어차피 내 직업은 가정주부고 직장도 여기니까 친구들 몇 명 초대해서 저녁이나 먹고 싶어서."

"몇 시쯤 초대하려고?"

"저녁 일곱 시가 좋겠어."

"알았어. 시간낼께."

아기 우는 소리가 들렸다. 한 아기가 울면 둘이 깨어 셋이 울게 되므로 충기는 얼른 몸을 돌려 아기 방으로 가버렸다. 혜지는 출근을 위해 신발을 신으며 짜증이 솟았다. 어제 밤이나 며칠 전에 말했으면 좋으련만, 일이 태산 같은데, 친구 초대라니 일찍 안 들어 올 수도 없고라는 생각이 머릿속을 가득 채웠다.

아기들이 8개월만에 저체중으로 태어났다. 아기들이 수술로 태어나 인큐베이터에 두 달이나 있는 동안 일이 많이 밀려 있었다. 고단함으로 혜지는 심신이 약해져서 약국들에 소홀했더니 작고 큰 일이 발생한데다 대형 약국들이 우후죽순처럼 생겨서 약국 관리에 애를 먹고 있었다. 특히, 인사 관리가 가장 문제였다. 약사를 채용해 다른 약국보다 월급을 더 많이 주고 신경을 써주는 데도 개업을 하거나 결혼으로 인해 다른 지역으로 이사하거나 개인 사정으로 약사들이 바뀔 때마다 신경이 쓰였다. 그 날은 약사 넷이 한꺼번에 그만 두겠다고 하여 약사지원자들과의 면접을 오후 여섯시에 하기로 되어 있었다.

충기의 외사촌 누나인 숙희가 아기들을 돌보고 살림살이를 도와주기 위해 숙식을 같이 하였다. 숙희는 노름과 주벽이 심한 남편과 이혼한 후 오십대 중반에 취직할 곳이 마땅히 없는 데다 아이 둘의 학비를 보내야만 했다. 남편은 아이들의 학비는커녕 제 몸 하나 건사하지 못할 만큼 주벽과 노름으로 망가져 있었다. 고민하고 있을 때 충기는 다른 일자리보다 높은 월급을 제안했다. 다른 사람 밑에서 일하며 자존심 구겨지는 일보다는 나을 것 같아 허락했다. 조건이 같이 숙식을 하는 것이라서 대학에 다니는 두 아이들을 방을 얻어 자취를 시켰다.

숙희는 인정이 있었으나 우유부단했고 게을렀다. 충기는 아기들이 울어도 늦잠을 자며 일어날 기미를 보이지 않는 게으른 베이비시터 대신 스스로 일했다. 그러다보니 충기가 아기들을 주로 돌보게 되고 숙희는 식사준비나 청소 등 집안일을 맡았다. 아기들은 병약하여 설잠을 자다 깨어났고, 잘 먹지 않아 애를 먹였다. 충기의 몸무게는 5키로그램 이상이 빠졌다.

모체로부터 가장 늦게 꺼내진 딸 채하의 발육에 이상이 생겼다. 6개월이 되어도 목을 제대로 가누지 못하고, 잘 웃지 않아 정밀진단을 해보니 지체적 증상을 보였다. 정상인이 되기는 어려울 거라고 의사는 말했다. 충기는 팔다리를 뒤틀며 횡단보도를 걷거나 말을 할 때마다 온 얼굴을 찡그려 단어를 만들어내는 채하의 모습이 그려져 마음이 한없이 불편해졌다. 기저귀를 갈아주다가 옹알거리지 않는 채하를 넋놓고 바라보기도 하고, 안아서 우유를 먹이다가 눈물을 떨어뜨렸다.

먼저 세상에 나온 딸 경하는 아빠를 닮아 이목구비가 수려했다. 아들인 경돈은 엄마를 많이 닮았다. 혜지는 경돈을 특히 애지중지하였다. 아기들을 보러 방에 들면 경돈을 먼저 찾아 안았고, 딸들보다 오래도록 품에 넣고 있었다. 혜지는 채하를 싫어했다. 한 번 안아주라고 채하를 안아 충기가 내밀면 마지못해 눈길을 주다 방을 나가버렸다. 몇 번을 시도하던 충기는 피곤하게 일하고 온 혜지의 마음을 불편하게 하는 것 같아 채하에게 관심을 가지라고 채근하지 않고 경돈의 옆에 나란히 채하를 두었다. 엄마의 눈길 안에 들 수 있도록.

초대한 손님들은 6시 50분이 되면서 들어오기 시작했다. 충기와 숙희는 요리사 1명과 함께 손님 맞을 준비를 마치고 기다리고 있었다.

"여어, 충기! 집안이 번쩍번쩍하구나. 자식 살림 잘하네. 여자 전담인 가사를 남자가 직업으로 선택하면 이리 으리번쩍하는 거냐. 우리 마누라는 날마다 낮잠이나 자나. 창문 틈새에도 먼지 하나 없네."

가장 먼저 도착한 고등학교 동창 민규는 마치 검열관처럼 구석구석을 점검하며 다녔다. 충기가 전업주부를 하겠다고 했을 때 이게 정신이 돌았나 할 게 없어 남자가 가정살림하겠다니 미치려면 곱게 미쳐라 하며 친구 의리를 끊자고 엄포를 놓았었다. 따귀를 맞아가며 충기가 설득하고 설득하여 가장 이해를 해주는 친구로 남았으나 충기의 가정주부 선택을 여전히 불편해 했다. 여러 번 집에 놀러 오라는 충기의 전화에 말로만 가겠다고 해놓고 처음 초대에 응한 것이었다.

"충기야, 너 후회 안 하나? 요새 맘 고생 많은가 보다. 왜 그렇게 말랐나?"

"민규야, 나 더 없이 즐겁고 행복하다. 아기가 셋이라 제대로 잠잘 시간이 없어서 그래. 그러나, 내 선택에 대만족이다."

"친구들의 왕따가 불편하지 않나?"

"가정주부라는 거 출근, 퇴근 구분이 없는 일이라서 친구들 그립고 신경 쓸 여유조차 없어. 정신 없이 바쁘다. 여자들이 결혼하고 친구 찾지 않는 것은 여자들이 친구의 소중함을 몰라서 그러는 것이 아니란 걸 나도 살림하며 알았다. 남자들 친구 찾아 누리는 시간 혼자 벌충하느라고 여자들은 집안에서 이리저리 정신 없이 산다. 고마움을 모르고 혼자 잘났다고 독판 큰 소리 치는 남자들 반성해야 한다. 친구들의 왕따 가정주부에겐 관심의 바깥이야. 나는 오직 가족들 생각뿐이다. 내 아내와 아기들 셋."

"친구들의 무시나 평가절하는 견딜 만하나?"

"친구들이 지금은 불편한 시선으로 보지만 언젠가는 편안하게 인정하게 될 거야. 밖에 나가 활동하며 생활비를 버는 일이나 아이들이 커 가는 거 지켜보며 기르는 거나 다를 게 없다는 거 친구들이 해보면 다 소중한 일이라는 거 인정할텐데. 친구들과 모여 세상 한탄하며 술 마시고 당구치는 것보다 아이들과 지내

고 가족의 건강을 위해 청소하고 빨래하는 거 더 가치 있는 일
이라는 거 알게 될텐데. 그런 날 오겠지."

"친구들과 만나 술 마시고 당구치고 가끔 여자 후리는 재미
없이 남자가 무슨 재미로 사나? 너도 친구와 만나 그러고 싶지
않나?"

"가끔 간절하지. 여자 꼬시는 거는 빼고. 나에게는 혜지밖에
없어."

민규가 이상한 놈이라는 입밖의 언어가 아닌 눈빛을 던지고
있을 때 충기가 근무하던 병원의 간호사들이 한 패 우르르 들어
왔다.

"우리 남자가 살림하면 얼마나 잘할까 궁금해서 당직 간호사
빼고 다 왔어요."

"충기씨 환자 간호하던 열의와 솜씨라면 살림 끝내줄 거라고
차안에서 다들 인정했어요."

"어머머, 사실 인정하면서도 반신반의했는데 대단하네요. 고
급스런 인테리어하며 조명 하나 하나, 그림이나 조각품까지 이건
가정집이 아니라 고급 까페네."

"아내가 돈 많이 버는 약사란 소문 진짠가봐. 엄청나다 어떻
게 집안을 이렇게 꾸며 놓을 수가 있어. 효진아, 와! 여기봐. 내
가 좋아하는 CD가 다 있네. 오디오 시설이 대단해. 여덟 곳에
스피커가 되어 있어. 얘 효진아 이리와 봐. 내가 꿈꾸던 시설이
야. 대형 TV도 근사하다. 극장에 따로 갈 필요 없겠어. 어머어
머……"

수다쟁이 김소미 간호사는 친구 효진을 연일 불러가며 입을

다물 줄 몰랐다.

"아내의 취미가 음악감상과 영화감상이라. 이 방에는 방음 장치를 특별히 했어요. 피곤한 아내가 여기 비스듬히 누워 턱에 팔을 받치고 눈을 지긋이 감고 음악을 듣는 걸 보고 있으면 세상을 얻은 듯 행복해져요."

가식 없는 흐뭇한 미소를 연일 입가에 모으며 충기는 그들에게 설명했다. 충기의 마음은 더 없이 즐겁고 행복했다.

늦게 도착한 남자친구들은 민규와 상에 앉아 눈살을 찌푸렸다. 충기의 태도는 그들의 눈에 지지리도 못난 팔푼이의 행동 그 이상 그 이하가 아니었다. 남자 망신 뭐가 다 시키고 있구만 나 참 하는 작은 소리가 끝나기도 전에.

"아줌마, 여기 빨리 상 내와요!"

음식점에서 시간을 오래 끌어 화가 난 손님처럼 현태가 소리를 버럭 질렀다. 순간 긴장으로 집안이 조용했다. 아기들이 놀라 깨어 자지러지게 울기 시작했다.

"에이, 오기 싫은 거 민규 자식이 전화로 몇 번 당부해서 왔더니. 불편해서 못 있겠군."

현태가 나가버리자 남자들이 하나씩 일어났다. 민규도 충기의 어깨를 툭툭 치고 그들의 뒤를 따랐다. 여자들은 불편한 분위기를 해소하려고 아기들을 달래기도 하고 앉아 앉아 하며 노력했지만 편안한 상태를 만들지 못했다. 충기의 이를 악물고 참으며 보내는 미소와 웃음이 있었지만, 제대로 손님 접대가 되지 않았다. 게다가 아기들은 달래도 계속해서 울어댔다. 간호사들은 이제 참을 만큼 참았어 하는 눈빛을 주고받으며 얼른 자리를 떴다.

아내는 그때에도 돌아오지 않았다.

혜지가 현관문을 밀며 들어온 것은 요리사를 보내고 숙희가 남은 이 많은 음식을 다 어떻게 처리하나 고민하고, 충기가 아기들을 달래느라고 진땀을 뺄 때였다.

"나 서둘렀는데 늦었어. 면접하기로 한 약사들이 시간을 지키지 않은데다 앞에서 교통사고가 나서 길이 막혔었어. 그런데 손님들은?"

"자기는 전화도 못해 늦으면 늦는다고."

충기는 혜지의 앞에서 감정을 절제하지 못하고 처음 소리를 지르고 현관문을 꽝 닫으며 나갔다. 핸드폰 밧데리가 나가서 라는 혜지의 변명을 뒤로 한 채.

혜지는 숙희와 아기들을 달래며 설명을 들었다. 혜지는 채하를 품에 안아 우유를 먹이면서 충기의 아픔을 느꼈다. 벙싯벙싯 웃는 채하를 물끄러미 바라보며 충기의 아픔과 고통이 무엇인지 알 것 같았다. 우유를 먹고 잠든 아기들을 무릎 꿇고 바라보다가 시계를 보았다. 12시가 넘었는데 충기는 돌아오지 않았다. 걱정이 엄습했다. 무슨 일이 생기면 어쩌나 나는 너 없으면 살 수 없는데. 혜지는 숙희에게 아기들을 맡기고 집을 나왔다. 시동을 걸어 주변의 술집을 뒤지기 시작했다. 열두 번째 술집의 문을 밀고 들어서는데 충기의 목소리가 들려왔다.

"야, 이 새끼들아! 니들이 마누라하고 자식새끼 먹여 살리느라 허덕대는 것처럼 나두 내 인생 걸고 하는 일이야. 씨발 놈들아. 니들이 상관 비위 맞추랴 부하 직원 다루랴 힘든 것처럼 나두 힘들어 새꺄. 가정주부 그거 일한 표시 더럽게 안 나면서도

끊임없이 일거리가 늘어진 3D 아니 4D 업종이야. 야, 개새끼들
아! 니들 엄마나 마누라가 꾹꾹 참아가며 밥 해먹이고 옷 차려줘
폼내며 시내를 나댕기는 거 아니냐. 씨발놈들! 허드렛일 마다 않
고 해주는 주부한테 고마운 줄은 모르고. 너들도 해봐라. 하루도
못하고 사표 쓸 새끼들이. 나에게는 내 마누라와 내 새끼 셋이
내가 평생 동안 보살피고 대접해야 할 유일한 손님이야. 니깟것
들 수백 명 아니 수백억 명하고도 절대 바꿀 수 없는. 알았냐
이 새끼들아 ……"

바다 속 하루

바다 속 하루

"괜찮았어? …… 정말 좋았어?"

흔들리는 물의 또 다른 이름, 파도는 여전히 바다 안에서 출렁거리고 있다. 지금처럼 밀물 때였다. 10년 전 남편된 지 하루인 그의 손을 잡고 바라본 파도는 하얗고 녹푸른 줄무늬를 쉬지 않고 움직이는 커다란 짐승 같았다. 푸우 푸우 숨소리를 지르면서 눈을 감고 꼭 잡아야 할 것이 있다면서 밀려가면서도 육지를 향해 오르고 오르는 파도의 욕정이 느껴졌었다. 첫날밤의 정사가 파도의 욕정 같다고 느끼는 순간 비린내와 구역질에 떨면서 남편의 손을 놓았다. 감각으로 느끼는 두려움이 밀려왔던 걸 지금이 순간도 멈추지 않는 파도처럼 잊혀지지 않는다

남편과의 정사마다 방안에 바다를 부려놓은 듯 파도 속에 파묻혀 흔들리곤 했었다. 목이나 가슴을 핥아내리는 파도의 미끌미끌한 혓바닥, 음부로 밀려들어오는 파도의 예리한 돌기, 다스려

지지 않는 파도의 광포한 흔들림은 눈을 떠야만 사라지곤 해서 쾌감을 숨죽여 놓았다. 눈을 감으면 파도 속에 곤두박질되면서 걷잡을 수 없이 떠밀려 내려갔다. 두려움에 남편을 꽉 끌어안으며 눈을 뜨면 안도감에 몸이 부르르 떨리곤 했었다.

"괜찮았어? …… 정말 좋았어?"

눈을 감은 채 숨소리를 몰아쉬던 남편의 첫 마디는 괜찮았어였고, 대답을 기다렸다. 남편의 쾌감 뒤끝이 망가질까봐 흐뭇한 미소를 머금고 고개를 끄덕끄덕거리면 정말 좋았어로 확인한 후 수건을 들고 욕실을 향해 몸을 돌렸다. 10년 동안 남편이 욕실 앞에 도르르 말아서 벗어놓는 양말의 형태가 변하지 않았듯이 우리의 정사는 늘 그랬다. 날짜의 간격이 벌어졌을 뿐 시작도 끝도 같았다.

눈길을 수평선쪽으로 옮기자 파도의 출렁거림은 사라지고 고요하게 뻗은 선만 한유하다. 남편과 산 10년간을 순차적으로 찍은 비디오를 되감기시켜 꼭꼭 집어본다. 발걸음을 곧장 집으로 돌려 퇴근하는 남편을 화장한 얼굴로 맞아 입맞춤을 받던 신혼생활 그리고 밤마다 이어지는 파도 속 몸살 때로 주말 낮에도 불러오는 배를 거울에서 보며 몸매에서 생명체로 옮아간 의미 찾기에 흡족해서 웃어보던 임신 기간 두 번 그리고 파도타기가 어려우면 남편의 욕정을 오랄로 손으로 해결. 두 손 두 발로는 부족해 탈진할 것 같던 육아 시절 그리고 귀찮고 뜸해진 밤일. 적금 타고 융자받아 마련한 아파트 정리정돈 시절 그리고 배나오기 시작하는 남편과의 익숙하지만 단조롭고 건조한 그 짓. 아이들이 유치원과 학교에 가고 남편의 늦은 귀가로 남아도는 시간에 일거리를 찾다 연속극을 보다 문득 허무해지던 요즈음. 그리고 남편과 합궁한 것이 언제였던가 헤아릴 무렵 거친 해일이 밀려와 나를 참혹하게 떠돌게 했다. 이유는 하나였다.

―남편과 성교한 여자 알게 됨―

그 사실 하나를 안다는 것은 괜찮았어가 아니 불편했어로 정말 좋았어가 너무너무 싫고 지긋지긋했어로 나의 대답을 완전히 바꿨다. 안다는 것의 파괴력은 얼마나 큰 것일까?

"병신 같은 년, 너처럼 살지 않을 거야"

아버지의 여자가 열네 살 때 집으로 찾아 왔었다, 과자와 과일이 든 봉지를 들고. 방문 안에 조심스럽게 봉지를 들여놓던 여자는 마당에 뿌려진 과자 봉지, 사탕 봉지, 굴러가는 과일 사이를 걸어 대문을 나섰다. 다시는 찾아오지 않았지만 그 여자를 안 후에 나는 남자가 무서워졌다. 더 정확하게 말하자면 남자와 잠자는 것이 무서워졌다.

"너만 가지지 않았던들 내 팔자가 이러코롬 되진 않았을껴."

엄마의 탄식은 남자와의 사랑을 경험하지 못한 나에게 정조대를 차게 하였다. 남자에게 절대로 당하지 않을 거야, 믿지 못할 남자에게는 절대 몸을 허락하지 않을 거야라는 사랑을 차갑게 식게 하는 냉기의 정조대를 찬 여자로 청춘을 보내야 했다.

남편이 여자와 잠들어 있을 시간에도 그들이 함께 있다는 것을 알고 있기에 잠들지 못하고 뒤척이며 화기를 한숨으로 토해

내던 엄마는 스스로 원했던 것일까 교통사고로 즉사하였다.

"병신 같은 년, 너처럼 살지 않을 거야."

눈물은 나오지 않았다. 삼오제를 마치고 짐을 쌌다. 수소문해 찾아온 아버지가 일말의 양심은 있었는지 보상금을 가지고 왔다. 나는 보상금을 아버지 여자의 과자 봉지처럼 사탕 봉지처럼 과일처럼 아빠의 면전에 던졌다. 엄마의 마지막 유품, 보상금은 아버지와 아버지 여자의 옷거리, 먹거리, 잘거리를 도왈을 것이다.

과외 지도, 아르바이트로 뒤뚱거려 돌아보면 추워지는 대학 시절. 아이들이 바뀌고 직종이 바뀌는 고달픈 시절 속으로 남자들이 다가왔다. 처음에는 피했다. 육체를 열기 전 정신을 열지 않는 것이 필요하다고 생각했으므로 만남 자체를 회피했다.

때로 마음을 열고 들어오는 남자들이 간혹 있었다. 만남이 지속되면 남자들은 손을 잡고 싶어하거나 키스하고 싶어 했다. 그들은 마음의 대화만으로는 허기가 채워지지 않는 모양이었다. 그들은 마음이 뿌리내리면 내릴수록 육체의 갈망을 눈빛으로 손끝으로 강렬히 발산하였다. 그들이 그럴수록 두려움은 점점 커져서 그들로부터 도망쳐 버렸다, 완강히 거부하면서.

그러나 남편과의 만남은 달랐다. 정력을 일에만 쏟은 덕분에 생활이 안정되면서 강퍅한 마음이 풀려 있었던 탓도 있었다. 친분이 두텁던 선배가 의도적이었던지 남편 신상이나 경력, 일화 등을 대화 속으로 자주 끌어 들였다. 칭찬이나 좋은 예시용으로 많이 등장한 인물이었기에 처음 합석의 자리가 껄끄럽지 않았다. 남편도 비슷한 상황이었는지 호의적이었다. 언어란 마력이 있었다. 선배에게서 들은 남편의 말과 행동들에 대한 표현들이 든든

한 배경이 되었고, 신뢰의 기반이 되었다.

"자기 아내 두고 바람피는 남자 난 이해 안 갑니다."

"죽이고 싶을 만큼 경멸하는 남자가 바람피는 남자예요. 다른 여자와 쾌락을 즐길 때 아내는 고통과 질투로 미칠 지경이 되는데, 어떻게 그런 남자를 이해할 수 있겠어요."

"기압의 차이에 의해 생겼다가 소멸되는 자연 현상 중 하나인 바람처럼 하찮은 만남을 결혼한 사람이 거부하지 못한다는 것은 난 의지가 약한 탓이라고 봅니다."

"책임감이 없는 거예요. 책임감은 누리는 것에 대한 의무인데, 아내에게 아이를 낳게 하고 무수한 집안일을 맡기며 누리려면 남편으로서 최대의 의무인 다른 여자를 사귀지는 말아야죠."

"맞습니다. 의지 없이 행복을 지킬 수는 없지요. 가정의 행복을 지키기 위해 여자에의 유혹은 어떠한 일이 있어도 의지를 세워 이겨내야지요. 바람처럼 여자에게 감정이 일어난다고 해도 이를 제거해야죠."

남편은 도덕책 내용 같은 대화를 몇 번 반복하면서 내 마음의 문을 열었다. 그리고 기다렸다는 듯이 육체의 문도 집요하게 열어 갔다. 남편의 손길을 처음에는 화들짝 놀라며 거부했으나 차츰 눈을 꾹 감고 맡겼다. 차츰 숲 속의 매미울음을 듣고 있는 것 같은 쾌감을 느끼기도 하였다.

남편의 깔끔한 외모와 정제된 행동 패턴은 마음가짐이 겉으로 드러난 것처럼 보였다. 사람이 사람에 대한 믿음과 신뢰를 형성할 때 한두 가지의 말이나 행동으로 결정되는 법은 드물다는 것을 사람들을 사귀면서 알게 되었으므로 남편의 점수는 높았다.

언어와 행동이 서로 돌담을 쌓아가듯이 서로 얽고 받치면서 믿음과 신뢰는 형성된다는 것도 알고 있었으므로 남편을 믿었다.

그런데 무엇이 잘못된 것일까?

아버지와 아버지의 여자는 망령처럼 결혼생활 사이사이를 따라다녔다. 몸서리쳐지는 엄마에 대한 기억들은 남편의 귀가가 늦거나 전화 연결이 안되거나 하면 절망처럼 엄습해 왔다. 두려움에 떨면서 남편의 행적을 끝까지 파헤쳐 여자와 관련이 없다는 것이 확인되어야 안심이 되었다. 남편은 이런 행동이 기억의 저편으로부터 형성된 것이고, 쉽게 지울 수 없다는 것을 알기에 나를 도와 주었다.

엄마보다 아버지의 여자가 젊고 세련되어 보였다는 것을 상기하며 남편에게 매력을 잃지 않으려고 노력한 10년이었다. 두 아이를 낳고도 몸매를 유지하기 위하여 식사량을 조절하였고, 삼년전부터는 피부의 탄력을 위하여 에어로빅을 했다. 생활비의 일부를 적립하여 나름대로 정한 항목인 주부품위유지비로 사용하였다. 적은 돈이지만 백화점 세일 기간을 이용하여 옷을 사거나 다리품을 팔아 악세서리를 마련하였던 것이다. 홈웨어로 푹 퍼진 엉덩이와 배를 가리는 아줌마 스타일의 옷은 멀리 하고 조금 불편하더라도 금방 외출을 해도 부족함이 없는 옷차림을 하였다.

살림 정보에 귀를 열어 남편의 수입에 비해 귀티나게 살림을 꾸려 나갔다. 맛깔스런 음식을 위해 양념 한 가지라도 소홀하게 구입하지 않았다.

아이들을 함부로 학원가에 맡기거나 학습지로 때우기보다는 곁에 앉혀 놓고 공을 들여 가르쳤다. 어릴 때의 가치관이 평생의 기초가 되기에 좋은 생각을 가지도록 늘 일렀고, 때로는 자상하게 때로는 엄격하게 길렀다.

특히, 남편과의 통로에 잡석이 놓이거나 잡풀이 자라지 않게 하려고 매일매일의 대화를 중요시했다. 그래서 독서를 게을리 하지 않았고, 신문의 지면을 꼭꼭 읽었으며, 재미없는 뉴스를 보았다.

좋아하는 영화나 드라마의 멋진 남자 주인공에게 음욕을 품는 것조차 남편이 말했던 행복을 지키는 의지를 무너뜨리는 것 같아 욕정을 지우고 지운 10년이었다.

의지로 짜증을 삭히거나 바가지를 긁지 않으려고 무던히 노력했는데. 한 남자의 아내로서 결코 부족함이 없다고 자부했는데. 이제 주부도 나처럼 프로 근성이 있어야 하고 주부로서의 직업관이 있어야 한다고 당당히 주장했는데.

그런데 도대체 왜 남편은 다른 여자가 필요했을까?

"저는 김기남과 섹스한 여자예요"

"저는 김기남의 여자예요"

"그게 무슨"

"저는 김기남과 섹스한 여자예요"

남편에게 여자가 있다는 것을 알자마자 떠오르는 것이 엄마의 모습이었다.

불도 켜지 안은 채 흐느껴 울던 엄마, 벌떡 일어나 휘익 나갔다가 넋이 나간 듯 돌아와 치마폭에 얼굴을 묻던 엄마, 아버지와

언성을 높이다 컥컥 숨넘어갈 듯 몸부림치던 엄마, 눈물이 범벅
이 된 채 엄마를 부르며 다가간 나에게 핏빛어린 눈으로 노려보
며 너만 가지지 않았던들 내 팔자가 이러코롬 되진 않았을껴!를
부르짖던 엄마, 목욕도 하지 않고 머리도 빗지 않고 옷도 갈아
입지 않은 초췌한 몰골로 마루에 앉아 멍하게 하늘만 바라보던
엄마, 갈기갈기 찢긴 영혼만큼이나 짓이겨진 육체로 세상을 끝낸
엄마……

　"만나 뵙고 싶어요."

　"……"

　"밖에서 뵐까요? 아니면 댁으로 찾아갈까요?"

　"……"

　"밖에서 뵐까요? 아니면 댁으로 찾아갈까요?"

　"바~ 밖에서"

　내 영역으로 다른 여자를 들일 수는 없는 일이었다. 어떻게
가꾼 내 성역인데 더러운 발자국을 남길 것이냐. 나는 단호하고
짧게 다시 말했다.

　"밖에서 지금 당장."

　딸이 유치원에서 돌아올 시간임을 잊고 있었다.

　"머리채를 잡히고 온몸이 멍들 각오하고 나왔어요."

　평범함을 겨우 면한 이목구비, 보통키, 약간 마른 몸, 도드라
보이지 않는 화장기, 어깨까지 오는 생머리, 푸른 티셔츠 위에
하늘색과 흰색이 교직된 체크 남방, 청바지, 검은색 단화, 나와
비슷한 나이를 가늠하게 하는 눈밑 주름살들을 수사관처럼 훑으
며 나보다 돋보이지는 않는다는 생각이 스치는데 남편의 여자가

다시 입을 열었다.

"그렇게 경멸하는 눈으로 보시니 마음이 편해요."

"……"

끓어오르며 금방이라도 폭발할 것만 같은 분노와 천길 낭떠러지로 굴러 떨어지는 허망과 사리를 분별하기 어려운 혼란으로 머리가 띵한 가운데 욱신욱신 쑤셔왔다.

— 아 이런, 나 아직 이런 일을 맞은 준비가 안됐어.

"전 한 번 이혼한 경험이 있어요. 아이는 없고요. 직업은 정신과 의사예요."

이혼한 여자란 말과 정신과 의사라는 말이 멍멍한 머리 속으로 겨우 입력되었으나 입을 열면 말이 떨려 나오고 분별력을 잃을 게 뻔하여 입술만 깨물었다.

"기남씨는 저의 첫 남자예요. 알고 지낸 것은 제가 먼저예요. 오빠의 고등학교 동창이었어요. 집에 놀러 오면 영어를 가르쳐 주었어요. 정확히 표현하면 제가 영어를 가르치도록 유도했죠. 사실 영어 실력이 기남씨보다 높았는데 잘 모르는 척하며 함께 있는 시간을 만들었어요. 모르는 것을 물어 수준 낮은 모습을 보여주느니 잘 알아듣는 모습을 보여주는 게 좋다고 생각했으니까요. 기남씨 무척 사랑했어요."

남편의 여자는 나를 만날 준비가 되어 있었다. 준비된 말을 술술 풀어놓고 있었다.

"기남씨가 저에게 사랑을 고백할 무렵 사건이 일어났어요. 오빠의 다른 친구가 저를 건드렸어요. 혼자 집에서 공부하고 있을 때 오빠가 빌려간 책을 가지러 왔다는 말에 의심 없이 문을 열

어 준 것이 화근이었지요. 토마스 하디의 소설 <테스>를 통해
여자가 정신과 상관없이 순결을 잃었어도 남자에게 용서받지 못
한다는 것을 알고 있었기에 전 기남씨에게 말을 할 수 없었어요.
기남씨에게 말하면 벌레보다 더 더럽게 여길 것 같았으니까요.
기남씨 성격 아시잖아요?"

남편의 여자가 남편의 첫사랑이었다는 이야기를 듣고 있기보
다는 머리채를 휘어잡거나 상스런 욕을 하고 싶은데 손발이 덜
덜 떨릴 뿐 몸을 움직일 수 없었다.

"사랑하는 사람에게 악취날 것 같은 저를 보이기가 싫어 기
남씨를 피했어요. 기남씨는 많이 힘들어하며 제 곁을 떠났어요.
자살을 시도했어요. 기남씨를 보지 않고는 살 수 없을 것 같았으
니까. 병원에서 깨어났을 때 이유를 모르시고 우시는 부모님께
죄스러워 독하게 살기로 했어요. 기남씨 잊으려고 집중, 인내, 목
표 달성을 외치며 공부에 매달렸어요. 상처받은 몸과 마음을 치
유할 수 있는 길이 의학일 것 같아서 의대에 갔고, 치유되지 않
는 마음의 상처를 밝혀 보려고 신경정신과를 지망했어요. 여고
시절에 상처받은 그 그림자를 지워나가는 고된 정신 훈련 끝에
상처에 굳은살이 박히자 기남씨 앞에 설 자신이 생겼지요. 예상
은 하고 있었지만 기남씨는 결혼했더군요."

남편의 여자이며 첫사랑이 물을 마셨다. 차가울 만큼 차분하
게 자신의 이야기를 거침없이 하고 있었다. 통증 없이 쳐다보는
저 여자의 두 눈을 파버리고 싶다 종알대고 있는 저 입을 으깨
버리고 싶다고 울컥 화기가 솟아 씨근거렸다.

"기남씨를 만날 수 있다는 희망 하나로 버텼는데, 또 내 사랑

의 운명은 비껴가고 있었어요. 이번에는 기남씨에 대한 사랑을 마음에서 지우자고 못 지우면 죽어 버리자고 환자에게 매달렸어요. 사랑이 별 것 아니라고 무의식과 의식에 자릴잡고 있는 허상이라고 근원을 파면 지울 수 있다고 믿고 싶었지요. 선학들의 연구를 토대로 사랑을 알아야 지울 수 있을 거라고 의학 서적뿐 아니라 갖가지 도서들을 뒤적였어요. 세상에는 안·되는 것이 있었어요. 지우려고 아무리 노력해도 기남씨에 대한 기억을 사랑을 지울 수 없었지요. 지운다고 노력한 것이 결국 더 기남씨에 대한 집착과 우상으로 기울어 참을 수 없이 그리워졌지요. 마지막으로 남자에게 상처받으면 남자를 사귀어 치료하라는 방법을 선택했어요. 다른 남자를 몰라서 그럴 지도 모른다는 생각도 했어요. 그래서, 한 남자를 선택했어요. 많은 여자들이 좋아할 만큼 잘 생기고, 재산도 많고, 지적이고, 직업도 좋은 남자를 골랐지요. 어떻게 해야 남자가 여자에게 호감을 느끼는지 잘 알아 처신했고, 저의 조건도 나쁘지 않아 결혼은 어렵지 않게 성사됐어요. 다른 남자를 가슴에 품고 남편에게 안기는 것 쉬운 일 아니었어요. 밤이 두렵고 견딜 수 없이 모욕스러워 더는 견딜 수 없다 싶을 때 이혼했죠. 더 이상 살고 싶지 않아서 병원도 팔고, 집도 팔고, 쓸만한 물건들도 팔거나 주변 사람에게 나눠 주었어요. 마지막으로 기남씨 얼굴이나 한 번 보고 죽자 싶어 찾아갔어요."

더는 참을 수 없어 물컵을 들어 기남씨를 연발하는 그녀의 입을 겨냥해 뿌렸다. 남편의 여자이며 첫사랑은 미동도 하지 않았다. 물세례를 받을 때 눈을 꾹 한 번 감았다 떴을 뿐 나를 차분히 바라보았다. 입가에는 미소까지 어렸다. 피가 역류하는 걸

겨우 참고 있는데 말은 계속 이어졌다.

"기남씨는 나를 보자 많이 놀랐어요. 그러나, 책임과 의무에
충실한 사람이라 처음에는 틈입할 곳이 전혀 보이지 않았어요.
그런데도 사람은 생명이 붙어 있는 한 마지막까지 희망을 버리
지 못하나봐요. 한 번 기남씨를 보자 자꾸 보고 싶었어요. 남편
이 아니면 어떠냐 내가 볼 수 있으면 되지 싶대요. 기남씨 회사
근처에 병원을 개업하고 멀리서 기남씨를 지켜봤어요. 기남씨는
전혀 몰랐어요. 1년전까지는요. 제 병원에 환자로 오기 전까지는
요. 기남씨가 정신적으로 무척 고통받고 있다는 거 모르셨죠?"

그녀는 아내보다 남편에 대해 아는 것이 있다는 득의의 얼굴
을 하고 마치 환자를 치료하고 있다는 착각에 빠진 여자처럼 느
껴졌다. 남편이 얼마나 어려웠길래 신경정신과를 다녀갔나하는
연민 따위는 안중에 없었다. 남편의 여자이며 첫사랑이 남편과
마주 보고 있는 장면이 그려지자 둘에 대한 살의를 느꼈다.

"완벽주의자라는 것 형벌이에요. 주변 사람의 따가운 시선조
차 용납이 안되거든요. 신경끝이 예민해서 늘 팽팽하게 살다 보
면 혼자 견디기 어려운 시점까지 가게 되어요. 기남씨는 회사 사
람과의 갈등과 아내와의 애정 문제를 견딜 수 없어 했어요. 물론
처음부터 그런 사정을 듣게 된 것은 아니었어요. 기남씨는 저를
보자 되돌아 나가려고 했으니까요. 저는 즉각 결정했어요. 이제
이 사람을 놓칠 수 없다고요. 벌떡 일어나 달려나가 소매끝을 잡
았어요. 기남씨는 저를 쳐다보다가 무언가 말을 하려는 듯 입을
달싹하다가 그만 두고 저를 뿌리치며 나갔어요. 그 시간부터 기
남씨가 저를 받아들이기까지 제가 할 수 있는 일은 뭐든지 했어

요.”

쌍년 난 너를 죽여 버리겠어라는 말이 튀어나가려는 걸 입술을 깨물고 있다가 컵을 남편의 여자면서 첫사랑에게 집어 던졌다. 순간적으로 머리를 숙였으나 플라스틱컵은 머리를 맞고 튀며 혼자 소리를 내었다. 남편의 여자면서 첫사랑은 그래도 멈추지 않았다.

“기남씨는 아내의 순결을 사랑했고, 완벽한 사랑을 이룰 수 있다고 믿었어요. 그러나, 육체적으로 정신적으로 순결했다고 믿었던 아내가 육체적으로는 순결할 지라도 정신적으로는 순결하지 않다는 걸 알고 많이 괴로웠다고 하더군요. 차라리 수십 명을 정신적으로 사랑했다고 하더라도 또 다른 사랑 앞에 순백의 자신을 펼치며 상대를 받아들이는 것이 순결일 수 있다는 것을 알게 된 거지요. 아내에게는 아버지와 어머니의 불화로 이미 정신이 황폐화되어 자신이 들어가 앉을 자리가 없다는 거예요. 이미 남편의 자리가 없어진 정신 앞에서 의지로만 노력하는 아내가 안스럽기는 하지만 이미 사랑이 아니라는 것을 알게 된 후 기남씨는 걷잡을 수 없이 어렵게 되었대요. 다른 남자들처럼 적당히 밖에서 여자를 취해 사랑할 수도 없는 성격이라서 이는 정말 혹독한 고통이었다고 했어요. 아내가 한 번이라도 자기를 남자로 받아들인 적이 없다는 것을 알았을 뿐만 아니라 이후 노력해도 안 된다는 것을 알은 거지요.”

“지금 무슨 말을 하는 거야? 죄는 너희들이 지었으면서 이런 싸구려 논리로 간통의 이유가 나에게 있다고 뒤집어 씌우는 거야?”

"기남씨를 정말 사랑한 적이 있나요?"

"지금 무슨 말을 하는 거야? 사랑하지 않고 결혼했겠어? 10년씩이나 애들 낳고 살겠냐고?"

"아버지에게 받은 상처를 감싸줄 위안부가 필요했던 것은 아니었나요?"

"위안부?"

"기남씨를 남자로 받아들이며 그 기쁨으로 전율한 적이 있었나요?"

"……"

"기남씨를 사랑한 적이 없었어요. 단 한 번도."

"네가 무얼 안다고 감히 그런 말을 나에게 하는 거야."

"기남씨는 다만 선택된 남자였어요. 제가 선택했던 전 남편처럼요."

"남편이 나를 위해 선택된 남자였다고?"

"기남씨는 희생자였어요."

"이제는 희생자까지."

"그렇고 말고요. 사랑 없이 의부증을 앓고 있는 치밀한 눈초리에 한 마리 애완견처럼 살아가야 했으니까요."

"하아, 애완견이라."

"기남씨는 눈물겹도록 노력했어요. 기남씨는 책임감 있는 사람이예요. 선택이 잘못되었다는 것을 알았지만 인내를 갖고 책임지려 했어요."

"애완견이 나를 책임지려 했다고? 야, 집어치워. 남편은 절대로 유혹에 빠지지 않겠다고 맹세했어. 그런데 이렇게 여자의 유혹에 빠졌는데. 책임감이 있긴 뭐가 있어."

"기남씨는 유혹에 빠진 것이 아니에요."

"유혹에 빠진 것이 아니면?"

"사랑에 빠진 거죠."

"내가 하면 사랑이고 남이 하면 스캔들이라고. 나는 사랑 한 번 한 적 없는 여자로 비하시키고, 너는 남의 남자 상관없이 사랑할 줄 아는 숭고한 여자라는 말이로군."

"기남씨는 지금 아내 때문에 너무나 힘들어 해요."

"왜? 내가 짐스러워서?"

"네!"

"뭐라고?"

"그래서, 제가 나선 거예요. 모든 비난과 질타를 다 받겠어요. 간통죄로 고소하시려면 하셔요. 당당히 사랑의 값을 치르겠어요. 병원도 정리했어요. 기남씨 사표도 수리됐어요. 외국으로 나갈 거예요. 여기서는 아내에 대한 미안함을 잊기가 더 어려울 테니까요. 아이들에 대한 선택권은 드릴 거예요. 만약 기르신다면 양육비 일체를 책임질께요."

저 입을 막을 수 있는 방법은 하나밖에 없다는 생각이 나자마자 나는 벌떡 일어났다. 나는 남편의 여자이자 첫사랑이고 마지막 사랑을 마구 난타했다. 차라리 짓이겼다는 표현이 어울릴 것이다. 사람들이 말리지 않았다면 남편의 여자이자 첫사랑이고 마지막 사랑은 죽었을 것이다.

남편과 남편의 여자이자 첫사랑이고 마지막 사랑에게 어떻게 복수해야 할까?

"신처럼 처리할거야."

남편에게 여자가 생겼다는 것이 왜 무서운가를 알았다.

직업 없이 이혼하는 것이 두려운 것이 아니었다. 위자료를 받을 수 있을 테니까 머물 거처와 직장을 갖기까지 생활비는 해결할 수 있을 것이었다. 보험설계사나 음식점 서빙을 할 자신도 있었고, 남편과의 완전한 결합을 위하여 아깝게 그만 둔 편집일은 10년이 지났어도 출판가에 나에 대한 일화가 남아 있을 정도여서 컴퓨터를 익힌다면 취직은 어렵지 않을 것이었다. 같이 일하던 사람들이 요직에 많이 있어서 가끔 만나면 아이들에게 손이 덜 가면 함께 일하자는 제의도 많이 받았던 터였다.

아이들과 헤어지는 것이 두려운 것이 아니었다. 남편이 잘못한 이상 아이들을 만나지 못할 일은 없을 것이었다. 아이들과 헤어지기 싫으면 아이들이 상처를 받는 것이 안스럽겠지만 양육비를 받으며 키우면 될 것이었다. 남편이 아이들을 키운다 해도 결혼할 생각이 없는 나로서는 아이들이 내 집에 와서 몇 일씩 묵어가면 될 것이었다.

주변의 이목이 두려운 것도 아니었다. 부모나 일가친척이 살뜰히 지켜보는 것도 아니었기에 부담을 느낄 일이 없을 것이었다. 이혼율이 점점 높아져 30%에 육박하는 시대에 10명 중 2명 내지 3명안에 드는 것이 뭐 그리 희귀한 일인가. 나를 완벽주의자로 인식하는 친구들이나 주변 사람들이 내가 남편의 외도로 이혼했다면 내 편이 되어 줄 것이었다.

정말 두려운 일은 파괴력이었다. 모든 것을 부숴 버리고 싶은, 모든 이를 죽여버리고 싶은 충동이었다. 엄마의 정신과 육신이 파괴되어 가는 모습을 지켜보며 차곡차곡 쌓아놓은 분노와 남편에 대한 배신감은 배출구를 찾지 못해 안달이 난 들끓는 용암이었다.

찻집을 나서면서 유치원에서 돌아온 딸이 생각났다. 부랴부랴 택시를 잡아탔다. 엘리베이터를 기다릴 수 없어 두 계단씩 뛰어 올라갔다. 딸은 눈물이 범벅된 얼굴에 두려움을 담은 눈으로 엄마를 발견하자 와앙 볼륨을 높이며 안겨 왔다. 끓던 용암이 폭발했다.

"신처럼 처리할거야."

남편은 그 날부터 들어오지 않았다.

아이들을 아버지께 데리고 갔다. 아버지와 아버지의 여자는 아이들을 맡아 기르는데 망설임이 없었다. 아버지와 아버지의 여자가 죄값을 현세에서 치르도록 하는데 아이들은 더 없는 매개체일 것이었다. 나에게 진 빚을 그들은 나의 아이들을 돌보는데 써야 한다고 생각했기에 마음의 불편함이 없었다. 도리어 아버지와 아버지의 여자에 대한 반감이 약해지는 것 같아 좋았다. 아이들의 대룽대룽 매단 눈물이 마음을 불편하게 했으나 다른 방법이 보이질 않았다.

준비는 완벽했다.

남편과 남편의 여자이자 첫사랑이고 마지막 사랑을 만나 받을 수 있을 만큼 위자료를 받아 내었다. 위자료의 일부로 외딴집을 샀다. 출국이 결정되자 아이들을 끝으로 보러 가지 않겠냐고 전화했다. 다른 사람들이 볼 것을 염려하여 내가 차로 데리고 외딴집에 갔다. 남편과 남편의 여자이자 첫사랑이고 마지막 사랑에게 수면제를 탄 음료수를 먹였다.

잠들었을 때 남편과 남편의 여자이자 첫사랑이고 마지막 사랑의 옷을 모두 벗기고 단단하게 묶었다. 밧줄은 탄탄했고 박아 놓은 정도 단단했다. 남편과 남편의 여자이자 첫사랑이고 마지막 사랑이 눈을 뜨기를 기다렸다. 결코 남편의 여자이자 첫사랑이고 마지막 사랑이 끌어안을 수 없도록 머리를 상반되게 놓았다. 십자가의 예수처럼 두 팔을 벌려서 묶었고, 두 다리는 모아서 묶었다. 예수님이 세상의 죄인을 위하여 십자가에 못박혔듯이 세상의 욕정을 절제하지 못한 죄인에게 내릴 수 있는 합당한 형벌이라고 믿었다. 남편과 남편의 여자이자 첫사랑이고 마지막 사랑이 속죄할 수 있는 길은 이것밖에 없었다.

남편과 남편의 여자이자 첫사랑이고 마지막 사랑이 눈을 뜨기를 기다렸다.

남편의 여자이자 첫사랑이 먼저 눈을 떴다. 예의 미소를 머금고 얼굴을 돌려 남편을 보았다.

남편이 눈을 떴다. 나를 애처로이 바라보다가 남편의 여자이자 첫사랑이고 마지막 사랑을 바라보았다.

그 후 남편과 남편의 여자이자 첫사랑은 눈길을 서로에게 떼지 않았다.

나를 단 한 번도 바라보지 않았다.

나중에는 내가 있다는 것도 모르는 듯 눈길을 바꾸지 않았다.

참을 수 없어서 떠올리는 미소를 얼굴 가득히 담고.

대소변을 그 자리에 싸면서도 남편과 남편의 여자이자 첫사랑이고 마지막 사랑은 자세를 바꾸지 않았다.

나는 성스러운 제단을 지키는 사제처럼 자리를 지켰다.

남편과 남편의 여자이자 첫사랑이고 마지막 사랑은 눈을 뜨고 죽었다.

죽어서도 서로를 눈 속에 넣고 있었다.

나는 아무도 믿지 않았기에 혼자 마당 귀퉁이를 깊게 파고 마지막 인사를 한 후 합장해 주었다.

사과나무를 사다가 위에 심었다.

해가 갈수록 나무는 무성히 자랄 것이다.

연고가 없으면서 남편과 그녀를 닮은 사람을 사서 남편과 남편의 여자이자 첫사랑이고 마지막 사랑이 출국하기로 한 날 같이 공항을 떠나 비행기를 타게 했다. 공항에 내리자마자 다른 이름으로 돌아오게 했다. 이 모든 일은 흥신소의 직원이 맡아서 처리했다.

나는 이제 어떻게 살아야 할까?

"사랑해요!"

나는 남편을 사랑한 적이 없을까?

잠자리에서 쾌락을 몰랐대서 남편을 사랑하지 않았다고 말할 수 있을까?

아니다.

그렇지 않다.

나는 남편을 정말 사랑했다.

절룩거리며 걷는 절름발이도 최선을 다해 걸음을 놓는다.

그가 알고 할 수 있는 방법을 다 동원해 걸음을 놓는다.

어느 누가 그가 걷지 않는다고 말할 수 있는가?

엄마와 아버지와 아버지의 여자에게 상처를 받아 비록 절름거리기는 했으나 나는 내 방식대로 최선을 다해 남편을 사랑했다.

남편과 남편의 여자이자 첫사랑이고 마지막 사랑은 내가 정신과 치료를 받으면 이 상처가 많이 고쳐질 것을 알았을 것이다. 그런데 그들은 내가 치료되는 것을 원치 않았다. 남편과 남편의 여자이자 첫사랑이고 마지막 사랑에게 나는 장애물이었고, 내가 사랑하는 법을 익히는 게 두려웠을 것이다. 내 사랑의 힘이 커질수록 나를 거세하기가 어렵다는 것을 그들은 너무 잘 알고 있었던 것이다. 그렇게 그들은 나의 사랑을 인정한 것이다.

바다가 거칠어지고 있다. 남편을 보내고 내 안의 바다도 날마다 폭풍이다. 그를 잃은 슬픔은 참혹하다. 온몸에 독침이 고슴도치처럼 박힌 채 꿈틀꿈틀 기고 있는 형상이다. 남편과 남편의 여자이자 첫사랑이고 마지막 사랑이 살아있다면 질투로 더 끔찍한 고통을 당하고 있을 것이다. 나는 그 큰 상처로 더 빨리 엄마처럼 파멸되어 갔을 것이다. 그런데 이런 나를 향해 누가 남편을 사랑하지 않았다고 말할 수 있을까?

사람의 생김새가 다르듯 사랑도 각자의 모양대로 빚어내는 것이다. 사랑을 위해 무의식적으로 행하든 의식적으로 행하든 상관없이 최선을 다했다면 그 높이와 넓이를 누가 함부로 비교할 수 있단 말인가?

바다가 신경선을 날카롭게 세우며 돌기를 공중에 힘차게 박
았다 놓고 박았다 놓는다. 남편품이 절절히 그립다. 귓볼을 깨물
던 이빨의 느낌이 서늘하게 전신을 타고 돈다. 좋아하며 입안 가
득히 뜨거운 기운을 몰아 귀를 다 삼킬 듯이 빨던 흡입력이 느
껴져 눈을 감는다. 귀뒤부터 천천히 혀의 까끌까끌한 기둥들이
해파리처럼 살아서 요동치며 목뒤로 넘어 간다. 나는 거칠은 숨
을 내뿜는다. 부드러운 모래 위를 파도가 넘실거리듯 가슴을 향
해 손길이 오르다 꼭 쥔다. 아아 나는 신음 소리를 낸다. 입술의
감미로운 감촉이 가슴에서 배로 배꼽으로 옆구리로 엉덩이로 골
짜기로 내려갈 때 나는 더 이상 참을 수 없다. 나도 함께 바다
속으로 들어가 바다를 밀고 싶다. 바다로 걸어 들어간다. 나를
전신으로 끌어안는 바다의 육체. 묵중하다. 촘촘히 단단히 조여
오는 바다의 몸. 일미리미터의 간격도 싫어 품에 완강히 안기고
싶어 옷을 벗는다. 자켓을 벗는다. 블라우스를 벗는다. 브래지어
를 벗는다. 바다가 돕는다. 치마를 벗는다. 스타킹을 벗는다. 팬
티를 벗는다. 바다가 옷들을 다 가져간다. 격렬한 파도가 밀려온
다. 마주 서서 두 팔을 벌리고 두 다리를 벌리고 파도를 꼭 끌
어안는다. 쾌감이 밀려온다. 또 다른 파도가 밀려온다. 쾌감이 밀
려온다. 바다가 한 몸으로 우루룽쿠앙쿠르륵쿠앙 울부짖는다. 뜨
겁게 온몸을 강타하며 반복되는 벅찬 전율. 첫 오르가슴을 느낀
다. 눈을 감은 채 참을 수 없어 내뱉는다.

"사랑해요!"

바다는 수액의 펌프질을 쉬지 않는 중심부, 바다의 심장 안으
로 나를 흡수한다. 바다는 물질을 녹여 소금물을 만든다. 바다는
내 육신의 껍질을 한 겹 두 겹 녹인다. 나는 다 녹아 바다가 된다.

후 기

무엇을 표현하고 싶은 생인가, 나의 생은?
기나긴 목마름 속
이제 일곱 잔가지에 꽃 피워 올린다.
여고시절부터 갈망하던 소설 쓰기
이제서야 걸음마를 놓는다.
목울대에 걸릴 뿐
밖으로 터지지 못하던 갖가지 이야기들
백지 위에 피처럼 번진다.
소설 너의 성기에 들기 위하여
나는 한 마리 숫사마귀처럼 살았다.
너를 두려워하며 네 곁을 서성거렸고
너의 마음에 들려고 촉각을 세웠다.
이제 너와의 교합을 이뤘으니
너에게 잡혀 먹혀도 후회는 없다.
나의 무수한 정액이 네 몸 속에서
나의 분신을 살려내
나는 소설로 부활할 테니까.
소설 자체가 될 테니까

노처녀의 청혼서

초판 1쇄 2002년 5월 25일 / 발행일 2002년 6월 1일 / 지은이 이택화 / 펴낸이 김태범 /
펴낸곳 새미 / 등록일 1994. 3.10 제17-271 / 편집 송명진·정은경·박애경 / 마케팅
정찬용·이충섭·한창남·김상진 / 총무 박아름·황충기 / 인쇄 박유복·정명학·한미애 /
인터넷 이순주·황현덕·박소현 / 홍보 정구형·박주화·권성화 / 물류 정근용

주소 서울시 강동구 암사동 462-1 준재빌딩 401호
www.kookhak.co.kr E-mail : kookhak@orgio.net
ISBN 89-5628-010-X, 03810 가격 8,000원

·새미는 국학자료원의 자매회사입니다.